# 嘉竹器宇

走在斐然成 Chang 的道路上

張窈慈、荷蘭兔、雞蛋花 著

# 出版緣起　Origin Of Publication

　　這本《嘉竹器宇——走在斐然成Chang的道路上》是我此生的第一本綜合詩文集，收錄了經典名言、報導文學、生活實記、極短篇、寫作論評、現代新詩與荷蘭花藝等，總計六十篇詩文，歷時約十年的時間，將生活在高雄、新竹與埔里三地的生活點滴；跨海至北京、西安遊學，與國立中山大學特聘教授簡錦松教授合著的文章〈異地漢地・山茱萸〉，以及多次參與「新竹荒野」活動的記錄，逐一撰述成篇。

　　近年，再分別師事黃麗莉老師「荷蘭花藝」與陳麗津老師的「生活花藝」課程，撰寫成《荷蘭花藝連章詩》、〈新古典玫瑰札記〉與〈荷蘭花藝中級手綁花紀實〉數則。

　　文末，附上雙胞胎小女們的新詩與散文數篇，她們歷時一年半，從國小一年級至二年級上學期，累計二十五篇詩文，這勤奮耕耘的成果，無不讓人歡欣鼓舞，故而將她們的作品與我聯名出版，成為此生母女三人的第一本綜合詩文集。

　　能累積撰稿成書的泉源，全來自於全家人的用心生活、體驗自然，以及感受人與人，人與社會的互動關係。每當投

稿錄用的那個時刻，我們母女三人，好似天降甘霖般的出奇興奮，這份禮物正是移居至新竹地區，十一年來長年播種的成果，期待小女們的未來，能在「幸福科技城——『新竹』」，這片即將開闢的沃土上，注入新的生命力，期待在文壇上，可記錄下屬於她們的青春與花漾年華。

　　身為母親的我，之所以命名為「嘉竹器宇」，便是期待生長在「新竹」地區的紋嘉和紋宇，能「走在斐然成Chang的道路上」，一路平安健康的長大。

# 序一　Preface

國立中興大學中國文學系教授　李建崑

　　與張窈慈博士結緣甚早，大約是2011年前後，我接到國立中山大學中文研究所博士班來電詢問，是否可以幫忙看一本論文初審，那是由蔡振念教授指導的博士論文，文題為《唐聲詩及其樂譜研究》。我收到初稿之後，發現這本書非常專精，超越我的古代音樂知識水平；為此我讀了很多本關於唐聲詩及古樂譜整理的專書，才開始審查。發現窈慈處理的是非常硬的題目，然而卻提出很多創意的論見，使我感到非常佩服。我審慎地對窈慈的論文提出若干建議，但是在正式口試的時候，自覺應該謙卑引退，因此婉拒擔任口試委員。其後，獲悉窈慈順利得到博士學位。

　　之後我們沒有再聯繫，今年水晶婚的她，婚後育有兩女，努力持家，努力教書，做個好老師、好妻子、好媽媽。我偶爾在學術研討場合見到窈慈，知道她很努力，也奔波在學校與家庭之間，十分辛勞。這段期間我曾獲悉窈慈出版了

《彈音論樂：聆聽律動的音符》（新銳文創，2015）討論的
面向，涵蓋西洋音樂小品、中國音樂名曲、台灣歌謠名曲。

　　窈慈在這本書中，從曲式、歌詞與音樂三方面進行點評
賞析，考究樂曲的出處淵源、創作理念及流傳面向，企圖引
領讀者進入音樂與文學的深度交流。彰顯了窈慈精湛的音樂
素養及學術造就。窈慈自幼學琴，既是音樂人也是學術人，
由她來寫這樣的書，真是再適合不過。後來還陸續讀過窈慈
討論毛奇齡音樂美學的論文，都很有個人的見地。

　　最近獲知窈慈即將出版一本新書，書名為《嘉竹器宇
──走在斐然成Chang的道路上》。這是一本母女三人合作
的綜合詩文集，呈現窈慈這十年間所思所想，全書六十篇作
品，內容琳瑯滿目，非常別緻。窈慈委婉要求我作一篇前
序，我欣然同意，誠心祝福本書順利出版，甚願廣大讀者也
以深入閱讀來回報作者的寫作辛勞，更願恩慈的上帝賜福窈
慈全家，有神同在、與神同行，追求到更大的成功。

時2022年3月24日

# 序二　Preface

國立中山大學中國文學系特聘教授　簡錦松

聰明美麗的窈慈，要出新書了，這次不是學術論文，而是散文集。不但是散文集，而且是帶著小女兒們一起寫的家集。

窈慈是我好友蔡振念兄指導的博士生，關於她博士論文的精采優勝之處，在李建崑教授的序文中，已經說得很清楚。李兄實際參與了博士論文畢業口考，仔仔細細的讀過這本巨著，他的指述又清楚，又明白，看過建崑介紹的讀者們，想必都很希望找到這本博論，好好拜讀一遍。不過，如果不能讀到她的博論，也沒關係，窈慈已經把她寫博士論文的功力，全部灌注到這本散文集了。

散文，不是新興的文體。魏晉起源到唐宋成熟的「記」和「序」這兩種體裁，就是現代散文之母。大家耳熟能詳的王羲之〈蘭亭集序〉、陶淵明〈桃花源記〉，到李白〈春夜宴桃李園序〉、柳宗元〈永州八記〉、范仲淹〈岳陽樓記〉，佳作名篇，數不勝數，宋元明清各代有大量的文集，

其中最主要的作品，就是記、序。可以說，中國文學的主流，就是散文。

　　散文的特性，就是書寫自我。不是無病呻吟的發表一些自己的感想，它是實實在在的寫出自己的生活、交往、閱聽的新知，像〈永州八記〉就是柳宗元在永州的生活，〈蘭亭集序〉、〈春夜宴桃李園序〉就是王羲之、李白和親友的交往，〈桃花源記〉就是陶淵明聽到友人轉述武陵漁人的故事；至於范仲淹，他雖然本人沒有到岳陽樓，但是通過朋友滕子京給他的詳細資料，也寫成了〈岳陽樓記〉。散文，就是這樣，把自己身體所經歷的，把自己知識所吸收的，變成一篇篇優美的文字。

　　窈慈的散文，用的是白話文，繼承的是兩千年來的記序傳統，所以生動有趣的感性美之中，帶著濃厚的知識性。本書包括了三個優點，第一，是精彩的報導文學和寫作評論：她廣泛的收集了資料，寫下了一連串的科普散文，像玉帶鳳蝶、西瓜、荔枝、山茱萸、玫瑰與薑花、竹、鳳凰花，把植物知識、古今文學，用自己的認知情感融化，變成一篇篇帶著感情的文章。蛻化新知之餘，她也以作者之眼，觀察了當代文學現況，完成了多篇寫作評論。第二，是生活的實記：

在這個部分裡，她把育兒的況味、寵物的嬌愛，深居的心期，細細寫出從少女至今二十餘年的改變，這些作品當中，有篇幅較長的，也有極短篇，長短都恰到好處，各呈其妙。第三，小女兒們的新聲：窈慈的雙胞胎女兒——莊紋嘉和莊紋宇，不但長得玉雪可愛，文章才華和媽媽一樣清越，這本書收錄的文章和童詩，童言童語的從「我愛……」出發，寫出了她的想法，原來她喜歡喝可樂，原來她喜歡的是跳舞。

　　古人寫散文，是以全身力氣來寫的，寫成了唐宋八大家和眾多文集的作者。今人寫散文的名家，從琦君、張曉風以來都是女人天下，窈慈和她的兩名愛女，無疑是當今的後起之秀。

# CONTENTS

# 目錄

## 出版緣起　Origin Of Publication

005　序一　Preface

007　序二　Preface

## 經典名言 Classic Sentences

018　家總是家 Home is Still Home.

020　愛美是人的天性 It is human nature to love beauty.

021　母親母親 Mother Mother

## 報導文學 Reporting Literature

024　初試啼聲 First Try

030　玉帶鳳蝶與梁祝傳奇 Jade Swallow Butterfly and the Legend of Liang Zhu.

033　西瓜、荔枝，果園採收樂 Watermelon, Lychee, and Orchard Harvest

036　異地漢地‧山茱萸 Different Places, and Cornus officinalis

039 野玫瑰與野薑花 Heidenröslein And Hedychium coronarium

046 竹三親子團入團儀典 Bamboo Three Parent-Child Group Entry
Ceremony.

049 農家的堆窯與竹筒槍 Farm's Kiln And Bamboo Gun

054 又逢鳳凰花開時 It's The Time When He Phoenix Blossoms
Again.

058 都市裡的清醮 Qingjiao In The City

062 南投縣埔里鎮祈安護國清醮文化節 Puli Town, Nantou County,
Qingjiao of the Cultural Festival of Protecting

068 2020 國慶與雙胞胎節 2020 National Day And Twins Day

072 古都古今的興衰與風華──2009 記遊北京與西安 The Rise And
Fall Of The Ancient Capital And Its Splendor-2009 Travel To
Beijing And Xi'an

## 生活實記 Life notes

076 五歲初學棋 Beginner Learns Chess at Five Years Old.

079 撲克牌裡的絕妙趣味 Great Fun In Poker

081 開學第一週 First Week Of School

083 大手牽小手 Big Hand Holding Small Hand

085 心繫愛犬 My Favorite Dog

087  髮畫 Hair Painting

091  心泛波 Heart Flood

093  追星九九 Star Chasing

094  窗外掠影 A Glimpse outside The Window

096  落日歸雲 Sunset Returns To The Clouds.

098  過境 Transit

101  夢醒夜半 Waking Up In The Middle Of The Night.

103  雜感 Miscellaneous Feelings

105  這二十餘年的改變 More Than Two Decades Of Change

110  石斛蘭與父親節慶 Dendrobium With Father's Day

114  不平凡的政治女鬥士 Extraordinary Political Female Fighter

117  桃園海洋客家牽罟之旅 Taoyuan Ocean Hakka Tour

120  亭亭淨植，出淤泥而不染 Out of Silt and Not Stained.

## 極短篇 Very Short Story

124  心鑽 Heart Drill

128  原「萊」如此 So Was The Case

130  饒虎 Rao Hu

## 寫作論評 Writing Commentary

134　人生大夢 Life Dream

137　我談知識份子 I Talk About Intellectuals.

140　荷畫與荷花 Lotus Paintings and Lotus Flowers.

151　談餐旅意象的寫作視角 On The Perspective Of Writing On The
　　　Image Of Dining And Travel.

156　我對《美國女孩》的教育觀感與靈魂配樂 My Educational
　　　Perceptions And Soul Soundtrack To "American Girl".

158　2019《小飛象》電影 2019 Dumbo Movie

## 現代新詩 Modern Poetry

160　立夏後的南寮 Nanliao After The Beginning Of Summer

162　清明後的北埔 Beipu After Qing-ming

163　去體育館玩耍 Go To The Gym

165　飛鳳山俯瞰 Overlooking FeiFeng Mountain

166　遊新竹公園 A Tour in Hsinchu Park

168　狂想 Feeling 18°C Rhapsody Feeling 18°C

169　兒童節在旗津 Children's Day In Cijin

171　歡喜過新年 Rejoice In The New Year

173　2019 清明節前的雨季 2019 Rainy Season Before The Ching-
　　　Ming Festival

175　節令節慶傳説組曲 Festive Festival Legends Suite

177　迎向幸福的每一天 Welcome To Happy Every Day


## 荷蘭花藝 Dutch Floral Art

180　荷蘭花藝連章詩 Dutch Floral Poems

188　新古典玫瑰札記 Notes on Neoclassical Roses

190　荷蘭花藝中級手綁花紀實 Dutch Floral Art Intermediate Hand-
Tied Flower Documentary.


## 國小低年級童詩 Children's Poems

194　圓的聯想／荷蘭兔 Circle of Associations

195　梅雨季來了／荷蘭兔 The Rainy Season is coming.

196　我愛媽媽／荷蘭兔 I Love Mother.

197　摩天輪／荷蘭兔、雞蛋花 Ferris Wheel

198　點燈儀典／雞蛋花 Lighting Ceremony

199　我的好朋友們／雞蛋花 My Good Friends


## 國小低年級散文 Children's Prose

202　一歲前的我／荷蘭兔 When I was before One Year Old.

203　太空幻想／荷蘭兔 Space Fantasy

205　書房小天地／荷蘭兔 Study Room

206　我最愛《三隻小豬》的聰明智慧與應變能力／荷蘭兔 I Love The

　　　Intelligence And Resilience Of "Three Little Pigs".

208　我愛的鮭魚炒飯／荷蘭兔 I Love Salmon Fried Rice.

209　酸辣湯／荷蘭兔 Spicy And Sour Soup

210　一輩子的好朋友／荷蘭兔 A Lifelong Good Friend.

212　和媽媽回娘家／荷蘭兔 Go back To Mother's house with my

　　　Mother

214　清涼可口的可樂／荷蘭兔 Cool and delicious Coke

215　我是獨特的／雞蛋花 I Am Unique.

216　我愛跳舞／雞蛋花 I Love Dancing.

218　黑蒜雞的健康秘訣／雞蛋花 The Health Secret Of Black Garlic

　　　Chicken.

219　《巴布與魚》的和平相處與尊重生命／雞蛋花 The Peace And

　　　Respect For Life In "The Bab And The Fish"

220　我的夢幻書房／雞蛋花 My Dreaming Study Room

221　拉麵的滋味／雞蛋花 The Taste Of Ramen

222　除夕的八歲生日／雞蛋花 Eighth Birthday On Chinese New

　　　Year's Eve.

224　揚名國際的台灣珍珠鮮奶茶／雞蛋花 Internationally Renowned

　　　Taiwanese Pearl Milk Tea

# 經典名言
## Classic Sentences

# 家總是家
## Home is Still Home.

　　家是溫暖的地方，家是巨大的堡壘。吾愛吾家，是我永不毀棄的避風港。

記於2018.05.28

　　我有個和諧溫暖的家，給我安定與滿滿的愛。放下執著，撇除外在的紛紛擾擾，沒有爭奪與暴戾，滿心歡喜，才是我要的生活態度。

記於2011.11

# 愛美是人的天性
## It is human nature to love beauty.

　　「愛美是人的天性」，此話一點都不俗，在生活中看著幼兒長大的媽媽，一定能體會這點家中的小孩，當開始玩水彩、玩著色筆之後，也進階開始學會拿著彩色筆或水彩筆，為自己的指甲著色。正如同米契爾‧瑞斯尼克（Mitchel Resnick）於《學習就像終身幼兒園》（Lifelong Kindergarten）一書提及：「創意通常是靈光一閃」，但「孩童天生就有創意能力」。

　　「創意」可以「培養」，孩童的「創意」不一定會自行發展，需結合其好奇心，並鼓勵和支持孩童的創意，適其所性。正如同園丁在照顧植物，他們創造一個讓植物能茂盛生長的環境，隨時滋潤植物且給予養分，歷經多時之後，再回來看孩童們的成長，其創意的發展的確是需要創造一個良好的學習環境，方有所成。

# 母親母親
## Mother Mother

　　自己當了母親之後，才得知二十年前，那心中的別離與牽掛，是多麼地沉重與不捨。現在的我，常常看了一些觸動心靈的文章，不自覺地也流了眼淚，那是一種壓抑在內心，緊繃與感慨的紓解。

　　黃友棣（1912-2010）音樂家說：「我國歷代相沿，孔子誕辰是在農曆八月二十七日。民國成立以來，就改在國曆八月二十七日。直至民國四十一年，教育部乃按曆書訂正，孔子誕辰應為九月二十八日。」[1]

　　我已故的母親生辰剛好是民國四十一年九月二十八日。

---

[1]　參見黃友棣著：《樂海無涯・孔子紀念歌的樂曲創作》，頁247

# 報導文學

## Reporting Literature

# 初試啼聲
# First Try

二〇二〇年的上半年，恰逢全球COVID-19（新冠肺炎）大恐慌之際，我們全家拾起背包，走向新竹縣市的山野，遠離人群，探索這非原生家鄉的自然環境。

春分之後，第一站就在「新竹公園」，這不陌生的地點，近年重新翻修過後，每到假日便成了兒童娛樂的天堂，有趣的是，公園的另一面，原來還保留著清代時期的古炮台與石像生，以及富士櫻、杜鵑花、鬼針草、藍星花、九芎、二葉松與台灣欒樹等，其中，就屬「藍星花」，花心星形，四季花，早上開花傍晚凋謝；「九芎」，猴子爬上去，很快又滑下來，故而叫猴不爬，抱起來感覺冰涼，印象最為深刻。這天天氣陰涼，自然觀察後的手作活動「米老鼠」，是

將公園地上「木麻黃」的種子當作二個耳朵;「楓香」的果實,當作臉部;「鳳凰木」豆莢的種子,作為兩隻腳;最後,再加上一雙人工的動動眼,變成了新童玩「米老鼠」。這樣將天地自然的物種,經重組後,便成為幼兒們愛不釋手的飾品,真有巧思啊!

穀雨前,來到了海山漁港港檢所旁的「香山溼地」,最先映入眼簾的是「蓖麻」與「蔓莖」,這兩種陌生的植物,經解說員說解後,得知「蓖麻」,莖粗;「蔓莖」,結節生根,馬鞍藤,是種革質葉;「菟絲子」,無根和葉,寄生在其他植物上;另外,還有「濱刺麥」與「海馬齒」。至於「招潮蟹」,種類更是繁多,分別佔領溼地的各處,包含「斯氏沙蟹」、「萬歲大眼蟹」家族、「凹指招潮蟹」、「清白招潮蟹」等。這讓我想起,中部的「高美溼地」,位於清水大甲溪出海口的南側,也曾是多種「招潮蟹」的棲息地,當地的夕陽美景,富庶盛名。

立夏之前,趁著春夏之交的晴朗天氣,探訪螢火蟲,傍晚日落約半小時後,就在內灣一片漆黑的山路叢林間,看到稀稀疏疏的螢火蟲,二女也親眼看到螢火蟲的真面目,感嘆

著照片中的螢火蟲比起牠們的真面目，來得漂亮多了。爾後，經攝影大師的指點，才得知照片中的光影，不是每一個點都是一隻螢火蟲，由於螢火蟲會一直飛、飛、飛，閃、閃、閃。所以，這同一個軌跡其實只是同一隻螢火蟲的光影，而非真的很多很多螢火蟲。頓時，我與二女才恍然大悟。整段路程，她們最愛的，依然是內灣國小的溜滑梯和盪鞦韆。

再來，閏四月的第一天，我們探訪了十八尖山的「桐花廣場」與「高峰植物園」，這天恰逢梅雨過後，步道間多了些蚊蟲。草地上，有隻如老鷹般大小的龐然大物，被女兒們發現了，經解說員的說解後，得知那是「黑冠麻鷺」，牠正在吃蚯蚓。後來，又看著牠展翅向叢林間的大樹飛去，再來就一動也不動地，如同雕像般地豎立在枝頭上。當天，由於「桐花步道」積水，因此，我們便走上空橋前往另一邊的「高峰植物園」探訪，跨越寶山路的白色空橋邊，坐落著「檸檬香」，又稱猴不爬，心想那不就是「九芎」！還有，一旁的「尤加利葉」，即「大葉桉」，也散發出清香迷人的

芬芳氣味。當拾起「九芎葉」與「尤加利葉」之時，聞起它們的自然香氣，我確定這就是我熟悉的味道，二者可作為驅蟲或殺菌。

　　進入了「高峰植物園」後，這裡的野生土狗不少，二女看到又高又大的黑狗，甚是害怕，深怕被狗攻擊，她們倆的對話，讓我想起，劉克襄在〈野狗絮語〉的文章中，提及「多數的野狗看到人，往往避之唯恐不及，絕不會向來者挑釁。不管集聚再多，你只要表現得更為凶狠，牠們往往很容易怯場……」這時的我，儘管從前獨自面對野狗的經驗不多，但也只能告訴二女，「別害怕！媽媽會保護妳們哦！」分散她們的注意力。心想著，二女的爸爸不在，跟著大夥兒一起活動，總有人會幫忙趕野狗的，也就沒那麼在意了。在這裡看到了「光蠟樹」，即「白蠟樹」、「白雞油」，樹液是獨角仙成蟲喜愛的食物；「台灣欒樹」，即「四色樹」、「台灣金雨樹」；「姑婆芋」，全株有毒，據說山豬喜愛吃花苞、果實，因牠屬雜食，吃了後可清腸胃；「月桃葉」則可用來包粽子；「象耳澤瀉」是外來種，葉大如大象耳朵般。

　　閏四月的初八，先是看見了「五色鳥」，再來認識了「構樹」，又稱「鈔票樹」，其中，「構樹」的幼葉形狀最為特殊。葉上的「蟲癭現象」，便是自然界中有些植物在受到昆蟲的刺激後，誘發了它們的植物細胞不正常的增生；「瑪瑙珠」，有毒，果實大配小；「江某」，又稱「鴨腳木」，鴨腳樹枝可當童玩，可旋轉；「相思樹」，早期作為薪炭木柴，現可作為步道軫木。這棵樹讓我想起台中東海大學的相思林，整片的樹林，落葉常常掉滿了山坡地，我拾起了兩片相思葉，往妹妹的眉間貼了上去，那柳葉眉與她的眉恰好服貼，愛漂亮的她，希望我幫她留念，也就拍了一張照片，記錄了她與相思葉的邂逅。上述的「江某」與「相思葉」，再讓我想起簡媜〈竹枝詞〉，記載了作者童年時在宜蘭的一切，無不與大地自然合而為一，開篇的「竹，只長在兩個地方：一是鄉下人的屋前屋後，一是有情人的暖暖心田裡。」更是貫穿了全文，引起讀者對「竹」的想望。

最後，我也想送給二女幾句話：「妳們的第一個家在南投埔里，第二個家在高雄市；新竹，是妳們第三個家，請多認識妳們出生與長大的地方……」

　　　　　　　　　338期，頁14-15，2020.12.10。

# 玉帶鳳蝶與梁祝傳奇
## Jade Swallow Butterfly and the Legend of Liang Zhu.

　　「清華蝴蝶園」位於新竹市清華大學人文社會學院的左方後側，內有「玉帶鳳蝶」（Common Mormon）的蹤跡，據說在中國大陸牠的俗名就是指梁山伯與祝英台，別名「白帶鳳蝶」、「縞鳳蝶」。牠也分布於全台低海拔環境與墾丁，以及印度、斯里蘭卡、日本、馬來西亞，其生態習性為一年多世代，主要活動於有柑橘屬植物分布的產業道路或疏林環境。

雄、雌玉帶鳳蝶皆喜愛訪花吸蜜，但雄蝶少吸水，雌蝶喜歡將卵產在寄主低矮植株且全日照環境，由卵孵化後幼蟲棲於寄主葉上，直至化蛹前老熟幼蟲才移往鄰近植物。

　　變異極大的雌蝶，有三種不同的色彩形式。其一與雄蝶相似，另兩種模擬其他鳳蝶。雄蝶比雌蝶飛得更快。幼蟲綠色，綴有褐色斑，與無尾鳳蝶的幼蟲很相似。

　　梁山伯與祝英台是中國民間傳說之一，生成於東晉時期，敘述祝英台女扮男裝到杭州遊學，途中遇到會稽來的同學梁山伯，兩人相偕同行。同窗三年，感情深厚，但梁山伯始終不知祝英台是女兒身，祝英台之後中斷學業返回家鄉。待梁山伯拜訪祝英台時，才知她竟是女紅妝，欲向祝家提

親，此時祝英台已許配給馬文才。過了幾年，梁山伯在鄞當縣令時，因過度鬱悶而過世。祝英台出嫁時，經過梁山伯的墳墓，突然狂風大起，阻礙迎親隊伍的前進，祝英台下花轎到梁山伯的墓前祭拜，梁山伯的墳墓塌陷裂開，祝英台投入墳中，此時墳中突然冒出一對鳳蝶，雙雙飛去。

有關「玉帶鳳蝶」的生存環境、產卵、飼養方式與體態特徵來看，其蹤跡多分布於亞洲南方、低海拔、熱帶與副熱帶區，屬常見的蝴蝶。「梁祝化蝶」本身也是中國南方的四大傳說之一，因此，二者的關聯性，筆者以為，是人們將生活中所聽聞過的生活經驗，透過想像而幻化成「玉帶鳳蝶」翩翩起舞的形象。這是歷來口傳的說法，無明確之文獻紀錄。由於這個淒美的愛情故事，中國大陸更將「玉帶鳳蝶」的俗名直指為梁山伯與祝英台，紀念這美麗的相遇與結局。

刊載〈玉帶鳳蝶與梁祝傳奇〉，《人間福報》，
趣味多腦河，12版，2020.10.01。

# 西瓜、荔枝，果園採收樂
## Watermelon, Lychee, and Orchard Harvest

　　端午節前後，分別走訪新竹及桃園不同農場、果園，享受夏末果實豐收的樂趣，也確確實實體會到美麗寶島不負「水果王國」的美名，讓我們能享受在地最新鮮美味的水果。

　　端午前，先走訪新竹「德聲荔枝觀光果園」。園內荔枝結實纍纍，種植「黑葉」與「糯米」品種，樹幹樹枝粗大，

可遮鞭韃和遮陽。樹高十公尺，春天開花，無花瓣，小花多，蜜腺發達，是蜜蜂的蜜源植物。

近年聞之色變的「荔枝椿象」，常在樹上分泌臭液，使得接觸者皮膚灼熱潰爛，噴濺眼睛則失明。所幸此處果園內環境乾淨衛生，沒有害蟲，果實也飽滿，加上樹枝脆弱，一折即斷，遊客隨摘可食，是民眾休閒的好去處。

「黑葉」荔枝台灣面積廣，果核大，肉質Q彈、香氣濃、甜度高；「糯米」荔枝果形小，果肉脆、有彈性、具香氣，果皮微紅且帶橘黃最美味，暗紅則過於成熟。前者產量較多，後者物以稀為貴，市場上價格較高。

端午節後，來到可以採摘西瓜的「林園居農場」。沿路農地上，待收割的黃澄澄稻穗盡收眼底，想到農人喜悅的心情，心中無限美好。

　　農場栽植四個品種的西瓜，三紅一黃。據主人林木正說，農場的西瓜原由南瓜嫁接，肉質口感較市場的紅肉西瓜脆硬。我摘下的西瓜，屬「醉美人」。肉粉紅，籽少，果實圓，外觀深綠，青黑色條斑，重約六至七公斤，適合中小家庭享用。

　　西瓜在開花期，因植株生育盛，不應多水，避免莖葉繁茂影響果實；發育至拳頭大，水再增；漸肥大後，水再遞減。成熟期土壤須乾燥，提高甜度，避免裂肉裂果。

　　我戴著斗笠在烈陽下選瓜，想起古人的智慧：蒂彎彎，瓜臍小，紋路清晰，色澤翠綠為要。瓜蒂一剪，即搬離大西瓜。農業現代化後的觀光農場，真是郊遊踏青的好地方。

刊載〈西瓜、荔枝，果園採收樂〉，《人間福報》，旅遊，
B4版，2020.10.24

# 異地漢地・山茱萸
## Different Places, and Cornus officinalis

　　「重陽節」雖已過，秋意尚濃。唐代不少詩人曾寫下有關「茱萸」與「重陽節」的詩句。王維的〈山茱萸〉：「朱實山下開，清香寒更發。幸與叢桂花，窗前向秋月」，詩中所提山茱萸（Cornus officinails），為山茱萸科，山茱萸屬，別名「藥棗」，原分布在中國大陸的山西、陝西、甘肅、山東、江西、河南及湖南等地，至今，北韓、南韓與日本也有，但台灣境內「山茱萸」極為罕見，進口的「山茱萸」果實可供中藥材之用。

　　台灣國立中山大學中國文學系簡錦松教授，於2018年在韓國外國語大學擔任交換教授時，曾於同年3月31日和4月1日，在韓國首爾和南漢山城拍攝「山茱萸」。根據當地標示「山茱萸」的解釋牌說明，因在山裡成長，「茱萸」兩字的讀音與「哺乳」相同。秋天的時候，「山茱萸」紅色的果實可以吃。而在首爾另一處，汝矣島地區的「山茱萸」標示牌

寫著：此款植物在三至四月間，未有葉子之前，先開黃色的花；待至八至十月間，「山茱萸」果實成熟。

「山茱萸」喜愛溫暖和陽光充足的環境，不耐陰蔽，它耐熱、耐寒、耐瘠。以排水良好和肥沃的壤土為最佳生長環境，其果實可入藥，具有補肝腎、止汗的效果。「山茱萸」為落葉喬木或灌木，株高四至十公分，其葉對生，葉片紙質，卵狀披針形或卵狀橢圓形。

當紅色的漿果成熟時，外型玲瓏可愛，唐詩裡數首詩歌，便透露出時人常將「茱萸」插在鬢邊的情形。而無論是山茱萸、食茱萸、吳茱萸，它們都具有藥食同源、作為香料之用。

張窈慈著，簡錦松、朴敬熙圖：刊載〈異地漢地，山茱萸〉，《人間福報》，創藝・綠生活，B6版，2020.12.06。

# 野玫瑰與野薑花
## Heidenröslein And Hedychium coronarium

　　〈野玫瑰〉是德國大文豪歌德（德語：Johann Wolfgang von Goethe，1749-1832）於1771史特拉斯堡所寫下，1789出版的詩歌，曾有多位作曲家為這首詩譜曲，其中最有名的是奧地利作曲家舒伯特（德語：Franz Seraphicus Peter Schubert，1797-1828）於一八一五年八月十九日為歌德（德語：Johann Wolfgang von Goethe，1749-1832）作曲。

　　這篇詩篇最深入人心之處在於，少年與〈野玫瑰〉的對話中瀰漫憂傷的情緒，〈野玫瑰〉詩三段構成，每節各有重複的旋律與和聲演奏著，是首民謠風的純樸旋律，謂之「詩節歌」。奧地利作曲家舒

伯特（德語：Franz Seraphicus Peter Schubert，1797-1828）

Sah ein Knab' ein Röslein stehn,
Röslein auf der Heiden,
war so jung und morgenschön,
lief er schnell, es nah zu sehn,
sah's mit vielen Freuden.
Röslein, Röslein, Röslein rot,
Röslein auf der Heiden.

Knabe sprach: "Ich breche dich,
Röslein auf der Heiden!"
Röslein sprach: "Ich steche dich,
dass du ewig denkst an mich,
und ich will's nicht leiden."
Röslein, Röslein, Röslein rot,
Röslein auf der Heiden.

Und der wilde Knabe brach

's Röslein auf der Heiden;

Röslein wehrte sich und stach,

half ihm doch kein Weh und Ach,

musst' es eben leiden.

Röslein, Röslein, Röslein rot,

Röslein auf der Heiden.


男孩看見野玫瑰

荒地上的野玫瑰

清早盛開真鮮美

急忙跑去近前看

愈看愈覺歡喜

玫瑰、玫瑰、紅玫瑰

荒地上的玫瑰


男孩說我要採你

荒地上的野玫瑰

玫瑰說我要刺你

使你常會想起我

不許輕舉妄為
玫瑰、玫瑰、紅玫瑰
荒地上的玫瑰

男孩終於採了它
荒地上的野玫瑰
玫瑰刺他也不管
玫瑰叫苦也不理
只好由他折取
玫瑰、玫瑰、紅玫瑰
荒地上的玫瑰

意為「男孩在原野上看到小玫瑰花，將她摘了下來。玫瑰用身上的刺扎了男孩，告訴他可別把她遺忘。」[1]

話說「野玫瑰」，我也曾在南投日月潭的水社碼頭停車場邊，見過草叢裡的「野生玫瑰」，「野生玫瑰」有紅、有粉、有黃，生長在雜叢裡，特別地顯眼，特別地吸引人。那伸展的枝條有銳利的刺，莖的表皮也帶刺，羽狀複葉、互生，銳鋸齒緣細葉還是多刺，卻一年四季皆能開出美麗的花朵。凡初次見到的遊客，都想摘採它，但它美麗帶刺的特質，讓人想親近卻容易受傷，因而不得不退避三舍，以策安全。

二〇二〇年八月十五日，新竹縣橫山鄉的油羅田內，恰恰種植著多種野草植物，包含魚腥草、紅鳳菜、山芹菜、車前草、野薑花、洋落葵（即川七）、溝菜蕨（即過貓）、金針花、赤道櫻草、枸杞、蕃薯（即地瓜葉）、芳香萬壽菊、秋葵、香蘭、紫蘇、紫花霍香薊、落葵（即皇宮菜）、食茱萸（即刺楤）、龍葵、野莧菜、山藥、洛神花等。

其中，「野薑花」不喜歡喧囂的都市，普遍生長在低海拔的潮濕地，以及山澗邊、田野與水溝旁，如台灣境內的宜

---

1　音樂之友社編，林勝儀譯：出自〈野玫瑰〉，《古典名曲欣賞導聆8聲樂曲》（台北市：美樂出版社，1999年），頁155。

蘭、台北、新竹、台中、高雄各地區，皆可見其蹤跡。「野薑花」於每年的五月至十一月，那純白色如蝴蝶狀般的花朵，聳立在綠葉間，恰似夏日裡不融化的白雪，清新美麗。既可作為植栽觀賞，也可用於切花，它的嫩芽、地下莖還可食用，尤其，新竹縣橫山鄉內灣村的「野薑花粽」，遠近馳名。「野薑花」的花語為信賴、高潔、清雅，帶給人愉悅與激勵的；由於「野薑花」地下莖長得像「薑」，因而得名「薑花」，又名「蝴蝶花」、「蝴蝶薑」與「白蝴蝶花」。

　　油羅田內的夥伴們，嘗試將「野薑花葉」折對半後，再經揉捏與翻折，欲將「野薑花葉」的葉子捲成「玫瑰」狀的葉瓣，成品乍似「玫瑰」鮮花花瓣的紋路與皺褶。這樣以「野薑花葉」捏塑翻折的「野玫瑰」，僅能作為鄉間野草的手工藝術品，無法拿來送人，因「野玫瑰」有著另一層的意義，象徵著「年輕的少女，拒絕了少年的追求，捍衛自己；少年那摘採野玫瑰的動作，彷彿粗野地奪去少女的貞潔一般。」

能彼此相送的是「玫瑰鮮花」[2]，遑論鮮紅的、粉的、橘的、黃的、紫的、黑的⋯⋯無不讓人心花怒放，二○二一年的「西洋情人節」即將來臨，在此，祝福天下所有的幸福家庭與有情人⋯⋯

　　情人節快樂！


刊載〈野玫瑰與野薑花〉，《荒野快報》，

340期，頁9-11，2021.03.10。

---

2　張曉風著：出自〈關於玫瑰〉，《星星都已經到齊了》：「曾經，在六百多年前，約當我們的元朝，英國有一場奇怪的戰爭，戰爭本不奇怪，無非奪權奪利（偶爾也奪美人），這場戰爭奇怪的地方在於軍旗。甲方的大旗上畫的是玫瑰，乙方的大旗上畫的也是玫瑰。甲方是約克家族，畫的是白玫瑰，乙方是蘭加斯德家，畫的是紅玫瑰，這場戰爭前後打了三十一年，後來紅玫瑰這一邊的出了個外孫，名叫亨利都鐸，他坐上王位，娶了白玫瑰那邊的女兒為后，天下於是太平，建立了五世其昌的都鐸王朝，其中包括伊莉莎白一世的文武鼎盛時代。」（台北市：九歌出版社，2003年），頁80-81。

# 竹三親子團入團儀典
## Bamboo Three Parent-Child Group Entry Ceremony.

　　入團儀典的環境布置，彷彿是個「古老神祕又神聖傳奇」的「靜謐傳說」，特別安排在離人群數公里遠之處。沿著環湖步道，由燈火通明轉為灰黑昏暗，必須靠著手持手電筒方能看清眼前的路徑與事物。

　　每位學員歷經三次的團集會後，團長在此一一個別了解新加入學員的意願，再鼓勵日後得應自律管理以及參與活動。活動中，點燈的「地球儀」，恰是新加入學員未來「共同愛護地球」的目標，也是親子團員的共識；每位學員皆手持一盞「明燈」，將「點燈」後的「燭台」逐一交付給團

長，象徵小心翼翼地「照亮自己」也「守護地球」。

　　這讓我耳邊憶起，張蔚乾、黃慧音製作《童心菩提心》專輯內〈點燈的孩子〉主題歌詞：「點燈的孩子，高舉你的燈；點燈的孩子，舉起明亮燈。」再來的歌詞，可改寫為「歌頌地球，愛護家園；歌頌海洋，珍惜資源⋯⋯」語意恰與原專輯製作音樂的宗旨「溫柔、平靜、有力量」，不謀而合。

　　此夜，住在新竹縣峨眉鄉峨眉湖邊的「吾家農場」小木屋，間或傳來呼嘯而過的風聲，彷彿突然下起陣陣地即時雨一般。與屏東縣牡丹鄉旭海「牡丹灣」Villa，那精緻的住宿風旅環境，截然不同。但卻與歷經2011年311地震引發大海嘯前的日本東北宮城縣「松島」有幾分相似，「峨眉湖」為內陸湖，中有一「吾家峨眉島」座落；「松島」則島嶼零星分布且通往外海。

　　此處的峨眉湖腹地廣大，凌晨丑時過後，不時傳來雞啼聲，彷彿逐步催促著黎明的到來。這裡的植物群眾多，包含鳳凰木、阿勃勒、美人蕉、檳榔樹、竹柏、薜荔、油桐、椰榆、榕樹、水黃皮、杜英樹、樟樹、相思樹，以及朱槿花。

　　在這湖光山色的「吾家農場」「峨眉湖畔」，舉行入團儀典，是一值得珍藏的回憶。

刊載〈竹三親子團入團儀典〉，《荒野快報》，338期，頁17，2020.12.10。

# 農家的堆窯與竹筒槍
## Farm's Kiln And Bamboo Gun

　　2021年的第二個週末，竹三親子團的小蟻們聚集在新竹縣峨眉鄉的「無負擔農場」進行團集會。第一次堆窯的小蟻們，前一天下午與大蟻們先進行砍竹子和搬竹子的前置作業，雖逢寒流來襲期間，未時的金烏日正當中，但卻溫暖了所有的工作人員，小蟻們來來回回地搬運大小不一的竹子，歷時數個鐘頭，仍樂此不疲，開心地與大蟻們一同幹活。

　　新竹縣峨眉鄉位於新竹縣的南邊，東臨北埔鄉，北毗鄰寶山鄉，西側及西南與苗栗縣頭份鎮、三灣鄉、南庄鄉等鄉鎮接壤，以丘陵為主要地形，盛產水稻、茶葉與柑橘，桶柑年產5600公噸，佔全台年產量10%，為全國最大產區。

1月10日上午，農場主人為大夥兒解說搭窯、圓形鐵架的使用方式和注意事項後。第一階段，各組便依序使用圓鍬進行挖土，圓形土坑的範圍勿大於圓形鐵架的直徑，如此土塊才能由下而上，逐一堆疊；再來，堆窯的側面再鋪上香蕉葉，便於土塊能有所依附，免於隨意掉落土坑；最後，僅留下最上方的排氣煙囪圓形孔，以及側面下方的生火處；經噴燈的點火後，選用較為乾燥灰黑的竹子作為柴火，持續燃燒約二個小時，讓土塊升溫發紅。第二階段，將所有的地瓜和雞蛋，裹上鋁箔紙後，依序平放入土窯中；再將鐵架以竹棍架高移開土窯，讓上方的土塊掩埋在食材上方即可。歷時數個鐘頭後，下午三點，開窯取出食材，再處理過地瓜與雞蛋上方的黃土與鋁箔紙後，便能開始享用這道天然的美食，完

成了今日的碳窯活動。大小蟻們無不為本日的碳窯成功，歡欣鼓舞。

　　等待土窯燃燒升溫的期間，我則遍覽了這邊的好山好水，此處有著農家常見的鄉間小路，高聳的竹林，石子路旁的扁柏，休耕的大塊農田，以及叢林間的雨傘節。尚且，農場還提倡「稻鴨共生」，故能見到數隻的大白鵝、鴨子、公雞母雞的出沒，另栽植著蓊鬱的青蔥，寧靜的魚池魚塭，再遠眺獅頭山風景區的大山，盡收眼底。這裡的景緻，正如同作曲家楊兆禎先生（1929-2004）的〈農家好〉、〈農村四季〉、〈插秧〉及〈台灣農家謠〉四首描寫著台灣農村早期農忙的景致那般。

　　楊氏的作品，尤以〈農家好〉和〈農村四季〉二首最廣為流傳。楊氏筆名阿禎、吟恩，祖籍廣東梅縣，為民族音樂學家、音樂教育家、聲樂家、作曲家，1929年7月2日出生於新竹芎林，2004年12月10日逝世於南投埔里。畢生致力於歌曲創作、音樂教育與客家民謠的推廣，首位將創作教學法引進國內的先驅。1992年時，於國立新竹師範學院創辦音樂系。

　　楊氏、陳志堅作詞的〈農家好（一）〉，收錄於《新選歌謠月刊》第？期，歌詞二段如下：「農家好，農家好，綠

水青山四面繞，你種田我拔草，大家忘辛勞，秋天忙過冬天到，米穀糶出農事了，農家好，農家好，衣暖菜飯飽。」「農家好，農家好，綠水青山四面繞，你種田我拔草，大家忘辛勞，秋天忙過冬天到，米穀糶出農事了，農家好，農家好，大家樂陶陶。」另有二部合唱，由呂泉生先生（1916-2008）和聲，師生一齊創作。此曲曾膺選為台灣省音樂比賽指定曲，以及〈農家好〉電影主題曲，電影背景為1955年代的台灣農村，黑白電影、閩南語發音、中文字幕。

另外，楊氏作曲、盧雲生先生（1913-1968）作詞的〈農村四季〉（齊唱），收錄於《新選歌謠月刊》第21期，也寫出早期台灣四季的農事，歌詞為：「春天裡，和風吹，園裡蔗苗青，田裡菜花黃；夏天裡，農事忙，早穀才收割，晚稻又下秧；秋天裡，穀登場，新穀滿稻場，大家喜洋洋；冬天裡，趕製糖，新糖好價錢，快樂過新年。」另有二部輪唱和

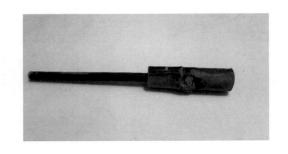

合唱的創作。前述二首皆曾編入台灣國民小學的音樂課本
中，旋律與歌詞音韻的搭配，音韻諧和，琅琅上口。

　　下午，品嘗烤過的蛇麵和棉花糖後，再讓小蟻們試著把
玩竹筒槍，賞玩早年農業社會留下的童玩遺產。竹筒槍中的
圓筒，必須保持中空，另一根直棍方能在竹筒中穿梭，將揉
溼的紙團，打出他方。今日，農家的堆窯與竹筒槍活動，讓
大小蟻們一同回顧了早期農業社會的生活方式，實在是難能
可貴的經驗，值得一提。


刊載〈農家的堆窯與竹筒槍〉，《荒野快報》，
342期，頁13-15，2021.05.10。

# 又逢鳳凰花開時
## It's The Time When He Phoenix Blossoms Again.

　　清晨五點多鐘，太陽早已起個大早，普照大地。近日疫情趨緩，各校即將陸續舉辦畢業典禮，象徵畢業的「鳳凰木」，取名於「葉如飛凰之羽，花若丹鳳之冠」。因鮮紅的花朵搭配著二回羽狀複葉，曾被譽為色彩鮮豔的花木之一，尤其他的「蜜源標記」最為亮眼，這個用來吸引傳播花粉的印記，目的是為了讓蟲鳥知道此處有花蜜。「鳳凰花」的花語為離別、想念、火熱的青春，在很多詩文裡都有「鳳凰花」的身影，表達的正是離別和想念的情感。猶記，東海大學「路思義教堂」旁，篤信路與約農路的轉角，就座落著偌大的「鳳凰木」，每逢六月鳳凰木錦簇盛開，最是吸引在校生與遊客的目光。而台南市以鳳凰樹聞名，成功大學更以「鳳凰花」之設計作為校徽。

　　約十年前，尚未合併改制成「高雄科技大學」的原「高雄第一科技大學」楠梓校區，初夏裡，道路兩旁的行道樹

「阿勃勒」，即「黃花風鈴木」，那金黃色的花海玲瓏有緻，一串串下垂的黃色花朵，點亮了人們眼前的目光，美不勝收。而今，新竹縣竹北市勝利七街一段、勝利八街一段與豆子埔溪平行的部分道路，也以「阿勃勒」作為行道樹，這不禁讓人想起從前那段黃澄澄令人驚豔的日子，我邊開著車、邊欣賞沿路未曾見過的風光，原來它就是「巴西國花」。「黃花風鈴木」的花語，有人說是「感謝」，人們擁有著花開的幸福，歡喜無限；賴清德先生從前擔任台南市長時，曾將它的花語視為「再回來的幸福」，期盼

返家的遊子，能花些時間漫步在「黃花風鈴木」下，感受當地的氛圍，體驗「再回來的幸福」。

今日，走訪新竹清華大學的第一站是位於行政大樓後方的「清華園」，「清華園」三大字，刻於拱門的中間，字體渾圓飽滿，因後來新建校門，此門便改稱作二校門。這似曾相識的拱門和「清華園」三字，二○○九年盛夏，我曾在北京清華大學見過，原來，這拱門與字體曾經是清朝皇家園林「小五爺園」的宮門，也是北京清華最早的校門。北京清華大學，在明朝時期是一座私家花園；清朝康熙年間是「圓明園」的一部分，稱「熙春園」；道光年間，分為「熙春園」和「近春園」；咸豐年間，改名為「清華園」；「清華大學」的前身是「清華學堂」，成立於一九一一年；一九二八年，再改名為「國立清華大學」。而兩岸的「清華大學」交流始於一九九五年八月三十日學生訪問團。

緊接著，我與二女穿梭在清華校園裡的南洋杉、榕樹、鳳凰木、檸檬桉、阿勃勒、榔榆、琴葉榕、光蠟樹、棕櫚葉、溼地松、江某、桐花、青楓、楓香、稜果榕、瑪瑙株、銀杏之間，也不乏見到松鼠、黑冠麻鷺、鴿子、榕四星螢金花蟲、蚱蜢、蛞蝓與刺蛾的身影，今天是個風和日麗的大晴

天，極適合親子共遊。猶記，二〇一二年盛夏，是我此生第二次踏入新竹清華校園，當年擔任大一中文課程的兼任教師，課內的學生都是電機系與電資院的學生，這得來不易的教職經驗，讓我備感榮幸與彌足珍貴。那年，開學不久，就遇上了九二八「教師節」，全國各校師生早已無休假日，我當天原先有課，卻與時任的專任教師同樣享有一天的「教師節」，對我來說，真是無上的尊榮啊！於是，我戰戰兢兢地度過了每週的上課日，也體驗了圖書新館的館藏資源，感受著新竹這個城市的人文與自然。

時至今日，我自高雄中山大學已畢業離校九年，中山與我同歲，二〇二〇年正逢母校立校四十週年。我期許，未來的我要更好、更茁壯，活得更有意義。


部分文字刊載〈清華歷史與校景〉，
《國立清華大學校友電子報》，第135期，2022.06。

# 都市裡的清醮
## Qingjiao In The City

　　辛卯年是特殊的一年，也是中華民國建國一百週年。之所以特殊，是因為各地恰恰都舉辦著廟宇數十年來才舉辦一次的盛事──清醮大典。

　　以都市為生活重心的我，可說是難得見到這擴及方圓數十里的建醮活動。鄰近的廟宇自選定的吉時開始，首先，迎請附近寺廟的神尊後；次日，神轎繞行附近的街道與廟宇，堪稱為「遶境」[1]；再來，擇日又進行「點燈」與「立燈篙」的儀式之後，正式為清醮大典的各項活動揭開序幕。

　　居住南部市區多年的我，每逢新年、清明與中元普渡，例行性的大拜拜，早已是稀鬆平常之事。但是，這回眼見都會中所舉辦的大型建醮活動，倒是從前所未見的景象。

　　今年，「聖天宮」──俗稱媽祖廟，恰舉辦「天上聖母

---

[1]　遶境活動，包括九個陣頭：陣頭一泰山民俗技藝團、陣頭二八家將、陣頭三轎前鼓、陣頭四官將首、陣頭五宋江陣、陣頭六劉振黎園北管（孩子團）、陣頭七獅陣、陣頭八舞龍陣、陣頭九北港大鑼及各地其他陣頭。

三朝祈安清醮大典」[2]，所謂的「三朝」，是指「火醮」、「水醮」與「敬拜天公」。廟裡主要邀請鄰里中的善信大德齊聚一堂，一同誠心地祈求上天賜福、消災降祥，鄰里間百業興隆與老幼康寧。

廟前，則豎立著偌大的橫牌，上面記錄著幾天來必須進行的各項科儀內容，人來人往，十分熱鬧。歷時一週的時間，里民們應當謹言慎行、虔敬茹素，希冀能納福平安，一切祥和與順遂。

茹素的最後一天，晚間進入子夜之後，居民多已熄燈休息，路的行人也逐漸散去。唯有夜裡的街道兩旁，依然懸掛著約有路燈高度之高，且密集排列的小紅燈籠橫列著；同時，住家的門庭前，也點著一盞盞的大紅燈籠與其輝映，形成上小下大、上密下疏的景致，頗有「熱鬧」的氛圍。而且，寬廣的街道上，每隔數十步的距離，便張貼著各個鄰里的牌示，排列好即將祭祀的供品。依眼前的個數來判斷，參與贊普的鄰近住戶真是相當的踴躍，這意謂著明日將有來自

---

[2]　一般來說，建醮的天數，人們以規模大、小做標準，舉行一天的醮，稱一朝醮，二天稱二朝，三天稱三朝。

各方的信徒，一齊前來共襄盛舉。這裡贊普的供桌，總長竟綿延了三至四公里之遠，這樣的規模，實為罕見。

　　走向廣場的那頭，「敬拜天公」的神壇穩穩地矗立在寂靜的夜幕之中。它的周圍，幾經燈光的點綴後，格外地引人注目。遠遠看來，彷彿就此座落著一間廟宇一般，別有特色。由上而下數來的兩層醮壇，還有著人偶的裝設，有如模擬仙境中的神仙，不停地來回穿梭著。此時，醮壇前的供桌，也已排列就序，這一切就為明日的「敬拜天公」與「普渡」的祭典而準備。

　　如今，早已皈依為佛教的我，也入境隨俗地跟著街坊鄰居一起普渡，尤其身在都會中親臨這樣的活動，更讓人覺得特別的新奇。

　　到了白天，一如從前的中元普渡，大豬公陸陸續續地被抬進醮壇前的左右兩側，呈二列一字排開；原先已搭建好的供桌，這時，信徒們也將手邊的供品，依序陳列擺放，再插上一柱清香與鮮明的三角旗幟，便於識別。晚間，還另有「平安宴」的舉行，讓各地的好友，也能一同參與鄰里間的盛宴，方告圓滿結束。

　　我想，清醮裡各項科儀的舉行，最終的意義，無非在於感恩與謝天，以祈求風調雨順與納祥祈福吧！下回再見，恐怕得再等二十、三十年……。

# 南投縣埔里鎮祈安護國清醮文化節

## Puli Town, Nantou County, Qingjiao of the Cultural Festival of Protecting

　　南投縣埔里鎮於西元二〇二〇年庚子年舉行祈安清醮法會，舉醮源自於西元一九〇〇年民前十二年庚子年恒吉宮媽祖廟先賢倡議，至西元二〇二〇年恰好兩個甲子；西元一九三九年昭和十四年停辦；民國四十一年因故延後；民國八十八年九二一地震延後一年；其他都如期舉行；爾後每逢子年便舉醮，卯年再舉辦三縣清醮（報醮），流傳至今。此習為時已久，目的為桑梓祈求國祚平安，天災弭息，除本鎮各寺廟宮堂援經外，再請法師大拜斗贊科，登台拜闕等科

儀，柱設東西南北柱及各里分壇施食普醮，各方共襄盛舉，以進行每十二年一次的醮會。[1]

　　西元二〇二〇年，恒吉宮媽祖廟的湄洲大媽，首度邀請大甲鎮瀾宮媽祖在十一月二十一日入城遶境，沿途未開放「鑽轎底」，僅在四大醮壇定點開放。這是大甲媽祖第一次進埔里山城，當天上午九時許從祈安清醮東壇起駕，行經南壇停留，中午停駕西壇用餐，下午再繞至北壇，動員了一千兩百人的藝閣、陣頭。恒吉宮媽祖廟的湄洲大媽，除了迎來大甲媽祖至埔里遶境外，也循往例恭迎彰化南瑤宮、鹿港天後宮、名間受天宮、竹山沙東宮等神明入埔里山城，二十九日進行迎神建醮遶境儀式。[2]

　　本次的祈安護國清醮文化節，名為「埔里醮好」，結合

---

[1] 參見〈埔里鎮庚子年祈安清醮法會舉行啟事〉一文。

[2] 參見〈埔里鎮庚子年祈安清醮法會舉行啟事〉一文所述：依據舉醮秩序而言，包含「齋戒」淨身；「封山禁水」，即禁止上山伐木、打獵、採草、下水釣魚，境內土木工程停工；「鑑醮神入壇安座」，「媽祖入城遶境」，「斗燈遶境入座」佈置完成；「張燈結彩」，「家家戶戶點燈」；於廟前「大士開光」，即建醮紙路；「豎立燈篙」，揚旛豎旗後，禁止閒人、帶孝及不潔者靠近；「起鼓上表」，即起鳴法鼓發表呈文；「司命疏焚化」，即各住戶於廳堂焚香後燒化灶君疏；「放水燈」，即總壇各大柱分壇、寺廟陣頭參加遶境放水燈；再來是「答神恩」，即首事及執事均須參加拜天公；「普施」，即先拜神聖再拜本境內無主孤魂後化經衣；「化帛」，在於化普度金紙後，再收孤；最後則是「謝壇送聖」，合境平安、萬事如意、大吉大利。

了埔里「花醮」秋季花卉展、燈會與裝置藝術，為期十六天之久。夜裡的文化節燈會，仰望夜空，處處是大紅燈籠井然有序地高高掛著；白天在豔陽的壟罩下，看來多了些許的熱鬧與朝氣；燈籠下的流蘇，順著風微微搖曳，有如傳統女子髮髻下的流蘇般，蘊藏著悠久的歷史與文化，看望來別有一番韻味。

　　裝置藝術則採道地的食材，運用百香果圓狀體，擺設成兩顆大百香果的面貌；咖啡豆則曝曬在板子上，或集中在掀開的

布袋中，那濃醇的咖啡豆香氣，隨即撲鼻而來，無不讓人流連忘返；久違的甘蔗，眼見被一根根地裝置成兩棵枝幹碩大的甘

蔗樹，一斜躺、另一則直挺挺地迎著朝陽，屹立不搖；斗大而亮麗的繡球花，爭妍鬥豔，在綠叢中顯得特別地耀眼，它那參差錯落地出現在人工與自然的樹叢裡，絕不虛讓給路邊的無名小花。顏色多變的大理花，長得新鮮美麗，在綠蔭的陪襯下，與繡球花相得益彰。

這繡球花可說是全球二〇二〇年COVID-19（新冠肺炎）大恐慌之際，能登殿堂的象徵花卉。由於繡球花開花時，花瓣本為倚靠彼此，恰象徵著當前「全球人們彼此互依共存的關

係」。期待，新的一年，全人類能再次共創美好的生活環境，以及向上天祈福泯除肆虐人類身體健康的COVID-19（新冠肺炎）。

# 2020國慶與雙胞胎節
## 2020 National Day And Twins Day

　　2020國慶前，新竹縣的政府機關早已旗海飄揚，走過台灣第四十個國慶日，身為台灣公民的我，這建國第一〇九個年頭，是何其的隆重。新竹縣寶山鄉鄉公所主辦的雙胞胎節活動，自民國百年後，每年定於今日舉辦。

　　據說，寶山村是全國雙胞胎比例最高的地區，相傳村民常年飲用村內的古井所致，日本NHK電視台曾於民國一〇九年專訪「一口神奇的井」，雙胞胎井之名，就此名聞遐邇。而我，是在多年前備課時見到此地的人文奇觀，這獨特的節慶活動，透過媒體的報導，見到許許多多的雙胞胎家庭，無不歡欣攜手參加。

　　「寶山」對我而言，並不陌生，此地位於新竹縣西南側，
與新竹市、苗栗縣為鄰，為新竹交通的要衝地帶，恰在國道一
號和三號的交會——新竹系統交流道。此處是傳統客家鄉鎮，
「新竹科學工業園區」涵蓋了寶山鄉北側，十多年前的幾個寒
暑，正逢撰寫博士論文的我，常穿梭在寶山鄉別墅區、青草
湖國民小學興建前、寶山郵局與青草湖附近區域活動。沿著高
低起伏的山坡地，一會兒催緊油門上坡，一會兒又抓著剎車不
放，如溜滑梯般地下滑，彷彿在數座丘陵間行進移動著。

　　夜裡，這裡的街燈，昏暗不明，常常是行經的車燈方才
照明蜿蜒的山路，與車水馬龍的高雄市與台北市，實在不

同。清明節前後，當地的民眾穿梭在馬路兩旁的樹叢裡祭祖，這時的我，才恍然大悟昔日行經這些路段的沿路旁，即是民間俗稱的「夜總會」啊！

今日，再開車經過蜿蜒的丘陵，沿路加裝了雙向車道分隔柱，還行經座落在山坡上彩繪著彩色階梯，歷史悠久的寶山國民小學。活動現場最高齡的為八十七歲雙胞胎長者，年紀最小者還在坐推車。最值得一提的是，今年三度見到玟子

姐姐，經我多次的觀察，腹語師圓潤、年輕的聲帶和音質，那不動嘴、只靠腹部發聲的表演，搭配著新編兒歌，吸引了在場學齡兒童的目光，無不令人驚豔。活動會場內還見到了「永昌碾米廠」的舊址。

中午，主辦單位進行「雙胞胎默契大考驗」活動，我倒認為雙胞胎這一生有緣出生在同一個家庭，每個人本是不同的獨立個體，儘管是同年同月同日生，但興趣喜好、高矮胖瘦、擅長項目、未來發展皆未必全然相同，而是能發展出屬於自己的特色，找出自我的價值，才是「雙胞胎」兄弟姊妹們平日生活與長久的相處之道。

# 古都古今的興衰與風華
## ——2009記遊北京與西安
# The Rise And Fall Of The Ancient Capital And Its Splendor-2009 Travel To Beijing And Xi'an

隨著台灣民間基金會的團體，來到了中國的二大古都——北京與西安，親臨古今歷史中的大城。

儘管隨著時代的進步，古城已趨於現代化，但古城所存的文物與遺跡，無不訴說著當年歷史的風華。

古長安城池內方塊整齊的坊里，已蛻變為今日西安市繁華熱鬧的街坊巷道；昔日的鐘樓與鼓樓，屢經修建後，迄今已為東西南北四條大街的重要地標，尤其到了夜裡，樓外的燈光，更將夜裡的城市點綴得金碧輝煌。

在歷史文物方面，參觀了「秦始皇兵馬俑歷史博物館」，目睹已出土的帝陵陪葬物，感受了當時冶金鑄造工藝的特色與技術；「碑林」則有著名的懷素〈千字文〉、張旭

〈肚痛帖〉、柳公權〈玄秘塔碑〉等碑文，以及漢代以後千百位名家的碑刻與墓誌，實為後人學習篆隸楷行草等各體字書，臨摹碑帖的重要出處；「半坡」遺址則為兩河流域新石器時代仰韶文化遺址的代表，展現了半坡原始社會村落的原貌。

另外，自魏晉南北朝之後的長安，經濟上趨於繁榮，宗教方面，中印佛教交流的盛事，亦經由玄奘法師的傳入與譯經，加上唐代帝王的支持，讓佛教在中國的傳播更為迅速。如大慈恩寺大雁塔的修建，法門寺地宮的發現，佛像、法器、瓷器、金銀器、寶函上的雕刻、舍利子的供奉等，無不讓人嘆為觀止。

來到了北京後，眼見今日的北京，偌大的街道，四通八達的公路、鐵路與航空，儼然已為一現代化的大都會。在既定遊覽的居庸關、故宮、頤和園、鳥巢、水立方等行程外，地下鐵與路上的電車，即成為此次既有的行程外，自行探訪的交通媒介，包括王府井、後海、胡同與書城等。

夜晚的天安門廣場，矗立著暈黃的燈光，有不少的外國遊客，在此地徘徊凝神注目著毛主席的畫像。當時的我，站在天安門的中央，遙想歷史上的數次事件，不禁肅然起敬——它既是是民族精神的象徵，也是社會運動的里程碑。這是一趟跨足古今歷史與文明的盛宴，值得親臨體驗。

# 生活實記

Life notes

# 五歲初學棋
## Beginner Learns Chess at Five Years Old.

午後的夏日，在家閒來無事，與兩小女商議一起學棋。

棋有三色，每人各據一方。

說好跳棋的遊戲，媽媽自己邊走邊帶領二女走著自己的色棋。一場二十分鐘的棋盤，常常邊講邊中斷遊戲，得一邊講解規則，一邊安撫情緒；又邊移動自己的棋子，邊言三道四地說著可能的棋法……

玩一盤棋下來，我看清了兩個小孩的特質不同，一是個性的不同，二是接納度的不同。且這初淺的棋盤規則，實不同於音樂的柔韌曲折，怎麼說呢？

孩子們聆聽音樂的體悟，來自於他們對音樂的自然認知，可以很自由地唱出和律動著自己的身軀，學習所謂的音樂術語，因為不需要以尺規來規範，初學便能體悟自己身心中的天籟。

　　而初學這棋盤，可以不經思索地步步向前，連跳也不須跳，就一路攻倒對手，直抵對岸的地盤；也可以走得步步艱辛後，再直搗黃龍，思考多方面的棋法。二女一人一顆棋子，一個步步為營，仔細照著棋子的規則遊走；一個思考棋法，偶爾還會反悔想要重來。所謂「起手無回」，對孩子來說好難啊！慶幸的是，輸了還好沒翻棋盤，只是在旁很不服氣地嘟著小嘴，講著她的想法，氣呼呼地試圖想扭轉乾坤。

　　經過十個月後，四月初春，三人再舉棋對戰，第一局與從前一樣，大人邊走著自己的棋步，邊向二女講解；第二局，二女獨立對戰，此局我勝；第三局，還是我勝⋯⋯。從二女的棋盤中得知，六歲小孩們的步法，其實沒有太多的

「技巧」與「捷徑」，而是很根本的「腳踏實地」，一步步地走到自己另一端的地盤，掌握了最基本的走法，偶爾才以「抄捷徑」的步法，直逼前來。

　　這是單純的年紀，也是最為天真的時候，期許她們踏入小學之門後，還能夠持續朝著「健康」、「穩定」與「樂觀」發展，邁向未來十多年的求學之路。


　　刊載〈五歲初學棋〉，《人間福報》，生命書寫，B5版，
　　　　　　　　　　　　　　　　　　　　　　2020.11.01。

# 撲克牌裡的絕妙趣味
## Great Fun In Poker

　　昨晚，三人玩起了撲克牌，洗牌的我，其實早忘了很久以前較複雜的玩法，必須慢慢恢復手感，才能依稀找回牌局裡的趣味。因此，先依序玩了「撿紅點」、「抓鬼」、「心臟病」、「接龍」四個簡單的遊戲，孩子們也一一說出幼兒園老師曾帶領她們的遊戲規則，原來撲克牌對她們而言，已不是個全新的遊戲了。

　　興致勃勃的二人組，當玩起「撿紅點」、「抓鬼」、「接龍」遊戲時，氣氛還算平和，但遇到「心臟病」後，果真有人開始哇哇大叫了。每當來不及喊牌的小孩，收牌時總有無盡的理由……另一位，只好說：「分一半給我好了。」於是，兩人便一起分擔輸家的牌，以緩解憤恨不平的情緒，二人組就這樣互助合作了每一次的「心臟病」；且向大人說：「不可以笑我。」歷經幾次輪迴後，大人只好帶起時下最流行的口罩，暫且遮掩難以掩飾的笑意……

歷時數個月後，「心臟病」不再是孩子們恐懼的象徵，反而是挑戰反應力與專注力的一項活動。尤其，時下極夯的桌遊，玩起來樂趣無窮，孩子們眼明手快，經驗值與日俱增，大人們不再是牌局裡永遠的贏家，這項益智遊戲因而代代相傳，永不止息。

# 開學第一週
## First Week Of School

　　週五的清晨，陽光普照，呼喚著被窩裡的孩子們，該起床了。回想數年前，謝欣芷2013年《寶貝呢喃歌》[1]中的〈起床歌〉，才剛發行幾個月的時間，就風靡了無數個新生兒的家庭，每天早晨搭配著四拍子的快節奏，溫潤柔美的嗓音，傳唱著朝氣蓬勃的〈起床歌〉，是多麼地吸引人啊！

　　而今，甲午年出生的馬寶寶們，新學期進入新學校，本週一開始面對新環境和新老師，無不充滿著期待、好奇、緊張又害怕的心情入學。記憶中，三十多年前剛進小學一年級的我，進入母親的母校就讀，每天父親或母親騎著機車，輪番載我上學，課後再到安親班接我回家；猶記，中年級後，我下課的交通工具就是高雄市市公車，民國八十年的市公車是分列左、右兩長排的座椅，只有後車座才有左、右倆倆並排的座位，當時坐在前面長椅的人，隨著司機起步與剎車，總是左搖右晃（或右搖左晃）的，當公車駛離後，矗立在公

---

[1]　謝欣芷製作：《寶貝的呢喃歌》CD，台北：風潮音樂有限公司，2013年12月25日。

車站牌旁的人們，皆可感受公車加油門的引擎發動聲，以及排煙管冒出來的黑煙撲鼻而來。

中學後，我騎著變速腳踏車，每日七點半前到校，歷時五年半之久。上課日的早晨，我與路上的上班、上學車潮，齊頭並進，練就一身騎車與跑步的好功夫，但這五年半，在學校與家門口，卻也遺失了好幾部變速腳踏車，大嘆偷車賊真多後，無奈之餘，也只能一部接一部的買車。經歷了十二年的越區就讀，日夜穿梭在高雄市市區街道巷弄中的我，上了大學後，每月搭乘台鐵自強號回家一次，爾後，研究生的日子，僅在南部就學，長途與趕車的疲憊，頓時減少了許多。

如今，開學五天，僅需十分鐘到校，既沒有長途車程的奔波，也沒有塞車進退不得的窘境。每天都有不同的挑戰與驚奇，包括接納同班同學的差異性、班導師訂定常規的接受度、下課二十分鐘玩耍的去處、班導師獎勵制度的實踐力、回家作業完成後的心得、幼兒園老同學的敘舊等。所有的一切，皆從換了新學校、新教室、新生活與新人物，回到最初始的學習。今日移居新竹縣竹北市，身為新生家長的我，面對這耳目一新的新學校，無不盼望著未來能與孩子們與時俱進，開啟十二年國民基本教育的新生活和新挑戰。

# 大手牽小手
## Big Hand Holding Small Hand

　　朱自清〈背影〉源自於祖母逝世，他由北京至徐州，與父親回鄉奔喪後，父親前往南京謀事，他返回北京就學，倆人在浦口車站「送別」之景。其中，最經典的是「父親是一個胖子……他戴著黑布小帽，穿著黑布大馬褂，深青布棉袍，蹣跚地走到鐵道邊，慢慢探身下去……可是他穿過鐵道，要爬上那邊月台，就不容易了。」

　　二○二○年，已沒有朱父跨越月台的情景，5G崛起，取而代之的是年度聚會、隔空問候及歡笑的影像。猶記，年初時，旗津的海灣夕陽斜照，海上的大艦艇，有如余光中〈西

子灣的黃昏〉詩那般，祖孫三人牽著手，開心地漫步在海岸公園上。許多遊客和我們一樣，正記錄著美好的影像，一同踩踏著愉悅的步伐，享受著南台灣沙洲中的每一寸土地。

　　這相差六十五歲的祖孫，平日的應對與日常生活，讓我想起《孟子‧梁惠王上》提及：「老吾老以及人之老，幼吾幼以及人之幼。」意即在家應當尊重自己的長輩們，在社會也要尊重其他的長輩；在家愛護自己的孩子們，在社會也應愛護別人的孩子。這便是儒家「推己及人」中的「孝悌禮義忠信」之道啊！

刊載〈大手牽小手〉，《人間福報》，家庭，11版，

2020.12.02。

# 心繫愛犬
# My Favorite Dog

　　櫥櫃中的兩隻西施公仔，一隻是我買的，一隻是別人送的。第一隻公仔的出現，是我離家時，帶在身邊的家飾品。從小就聽說：「狗是人類忠實的夥伴。」原先以為，這句話是上一代童年的記憶。誰知二〇〇八那年恰逢全球金融風暴之際，有多少的犬隻流浪街頭啊！

　　一隻毛色極為罕見的黑白獅子犬，兩眼如同貓熊般的純種西施，在父親友人的輾轉遞送下來到了我家，與當時還在讀書的我，彼此作伴。

牠與人類一般，有著自己的性情，喜怒表露無遺；牠雖愛吃、愛玩，但一直盡職地守護著全家人；偶爾以噴嚏或吱嗚的聲響訴說著牠的需求與委屈。是的，牠曾是我的家人，與我和我的家人們一同生活好幾年的光景。情感上的相互倚賴，哪怕只是一個眼神或一個動作，默契絕佳。

　　而今，愛犬不在身邊，我望著那微笑以對的公仔，悼念與牠生前最美的合照，感謝牠過去的數年裡，為我們全家留下美好的回憶。現今，僅能輕輕地問候著：「現在的你，還好嗎？」

刊載〈心繫愛犬〉，《人間福報》，副刊，15版，

2021.02.18。

# 髮畫
## Hair Painting

　　髮畫顧名思義就是用胎毛製作的畫作，這不只是幼兒出生前在母體內生長的毛髮，還象徵著母親在孕育胎兒那千絲萬縷的掛念與擔憂，將胎毛髮製作成畫作，掛在寒舍的廳堂，對於母親而言，那既是一種永遠無法遺忘的回憶，也是一種長久的紀念。

小女們未出生前，我與雙胞胎女兒們，在校園裡平安地共度了一學期的課程，直到學期結束，繳交成績後，閉關靜心養胎，杜絕外界干擾，直到小女們哇哇墜地，方才功成圓滿。那段期間逐步追蹤胎兒成長的實況，是多麼期待哇哇墜地的那一刻，是平安健康的，終究通過了每個醫學檢驗的各項關卡。我的孩子們能屆滿三十七週，如預期般地來到人間，真讓人無比歡喜，也讓我暫時拋卻職場上的顛簸和冷暖，展開養育女兒們的新生活。

　　自她們倆出生後，一路依循著新生兒的各項檢查進行，沒有進保溫箱，且安全度過常見的黃疸期，以及等待新生兒篩檢報告的出爐等。這對初生的嬰兒來說，她們必須無條件接受大人們文明世界的檢視和試煉，是何其的現實與殘酷啊！對一位母親而言，正如同等放榜一般，一關一關、戰戰兢兢地等待專業醫療團隊的評定，與寶寶共度每一個關卡，直到接獲「無異狀」的通知與報告出爐。

　　懷孕期間，醫生提醒我懷雙胞胎風險高，要多休息，避免併發症的出現。這期間生活中，偶爾，還是會聽聞媒體報導或身邊友人懷孕早產的消息，不禁想起那小小的身軀插管、進保溫箱，住院好幾個月的情景，讓人既扼腕又疼惜；

又想起過去這三十多年，我的母親把我生養的好，好手好腳，健康無憂，做什麼都可以，便能很自在地築夢、圓夢。相互比對之下，生養活潑健康的小孩，在此時，是多麼的珍貴和讓人欣喜啊！

當我懷胎已滿三十六週，屆臨三十七週時，母體已漸強烈的感到壓迫和不適，憑著毅力和耐力，總算還是堅持到三十七週。我已盡最大力量，保護我的孩子們，發育成熟，健康出生。我也感謝菩薩賜給我一對無恙的寶寶來到我的家庭和生活。

月子中心回家後的第一個月，家人們無不滿心期待地迎接兩個小生命的加入，她們初次與家人共同生活，大人們隨時尋找著小生命的獨特性與規律性，以選擇最適切的育兒方式進行哺餵，照顧她們的生活起居，達成雙方允諾的最佳默契。

身為一位新手媽媽，一切從零開始，一方面得讓自己儘快恢復體力；一方面得適應夜半啼哭後的驚醒，起身換尿布、餵奶、拍嗝、入睡的循環與週期。這樣每天嗷嗷待哺的日子，無不希望孩子們一眠大一寸，學習食用副食品到牙牙學語，從最初始的學習到養成自理能力的過程，真是必須面對種種的失敗與挑戰，方能精熟學習。

假日，我親自為小孩沐浴更衣，我為妹妹翻轉擦洗背部時，看到妹妹竟伸出自己的小手，左、右輪流抓握浴盆的支撐架，我很肯定，這就是初生嬰孩與生俱來的本能啊！我便握起她的小手，告訴她，「媽媽幫妳洗好了，要穿衣服囉，小手放開！」還有，小孩姨婆自製的球型鈴鐺，繫在嬰兒床邊，大人們每天望著床上的小孩時，總會隨手撥弄鈴鐺好幾回。七年前的母親節前夕，我拉著姊姊、妹妹的小手，伸手推弄球型物，裡面的鈴鐺經觸擊後，發出聲響。緊接著，兩小便模仿了我推弄鈴鐺的動作，自己玩起床邊的鈴鐺玩具了。小孩玩得開心，我心情也暢快。生活的一隅，無不充滿驚奇啊！

而今，經歷了七年的寒暑，邊梳著小女們烏溜溜的長髮，再望著廳堂前的髮畫，彷彿正數著二千五百多個歲月，身為母親的我，每天一一為雙胞女兒們化開那糾結不順的髮絲，體驗到每個階段育兒的辛苦，以及生活中不期而遇的幸福甜蜜。

刊載〈細數著身為雙胞胎母親，2千7百多個日子的幸福與甜蜜！〉，《媽媽寶寶》，台北市，數位網路，2021.11.11。

# 心泛波
## Heart Flood

　　課後，晚間六點已揭開黑夜的序幕，這時街道上的燈光，顯得特別的明亮。一踏出教室外，剎那間，眼前一片漆黑，有些昏眩，暫緩腳步，仰往天空，赫然發現近全圓的明月，已被半邊天空的灰雲，掩蓋了一部分；舉目停足，竟是月娘分隔了天際，半邊是布滿雲層，另外半邊則是晴空萬里，此景有些矯作，讓人有些不可思議。順坡而下，涼風襲襲吹來，因適逢近假日，因此路上、餐廳的人潮，皆顯得冷清許多。走出書局，眼前薄紗般的灰雲，終於散開，原先若隱若現的月娘，也終於露出真面貌。幸好，她仍是清晰、皎潔而明亮的。

　　連日來，多起的有感地震，叫人心煩，讓人心慌，每歷經一次的晃動，便激盪起腦中蒼涼破碎的畫面，實在為災民們打抱不平，因為上天對他們，是何等的不公啊！

　　僅僅觀察這樣短時間的天象，竟有如此多的變化，真好比人生在不同階段所歷經的不同事物，面臨不同的問題，不

同的另一批人相處一樣，不論是歡愉的，抑或是悲傷的；是和氣的，抑或是氣憤的；是喜歡的，抑或是厭惡的，都得用心去經營每一天！

回憶當年離家在外，有些不捨、有些興奮、有些徬徨，再加上幾分的勇氣，才投入先前未接觸過的事與物，仍有些自喜與得意。也因為有人情味的地方，即使是個異鄉人，仍能感受到與家鄉等溫般地暖氣，對我來說，自始至今，它依然是綿綿長長，十足地耐人尋味。

記於大學時期「現代散文課程」作品

# 追星九九
## Star Chasing

　　哪怕黑夜、寒冷、遙遠，郊區戶外的空氣，頓時沸騰起來。因無數的人潮，讓冷澀、淒清的黑夜，不再沈寂，這一切的意象，歸因於「流星熱」的再度吹起。這天，恰是期中考前一週的星期四，夜空雲佈天際，視線也未能清晰，偶有大朵大朵的雲，雖風略過眼前的天幕。抬頭仰望，不見月娘的蹤跡，她隱藏在雲層之後，只是偶爾露出臉，透過光來，但夜的重頭戲，並非她的魅影，而是讓人期待已久的獅子座流星雨。

記於大學時期「現代散文課程」作品

# 窗外掠影
## A Glimpse outside The Window

　　眼前密集的高樓，漸至消失，緊接而來的是，疏落的民房。此時，視野開闊了許多。遠處的事物，清晰易辨，除了天際邊，遙不可及的距離外，多能讀出它們的相關位置。但是，近在咫尺的，卻僅能匆匆一瞥，無法仔細地目睹近物的真實面貌。

　　疏落的民房，與附近不規則狀的水田、旱田，相映成趣。水田將近處的景緻與頂上的藍天，完全地倒映在平靜無波的水面上，而旱田卻簡單的多，一片片橙棕色的田地，僅有整齊地乾草鋪陳在上。整體來說，由於收成早已告一段落，這時候已不見農人辛勤地耕田，因此，未見得農忙的實景。

　　窗外的風景畫，隨時間流逝，一幅又一幅地從眼前略過，除了水田、旱田外，更有魚塭、道路、小轎車，還有工廠圍牆內的水泥大槽，槽外與圍牆更印製顯著的字體與色彩。屢次瞥見，總讓人想起傳統產業的興盛與沒落，表面上看來似同而無異，實則已發生不一樣的故事。

速度漸至緩慢，軌道也越來越多，仔細一瞧，火車又再度進站。適逢連假，返回工作崗位的人潮，也逐漸增加，各個車廂的人潮，更是擁擠得無法一時排解。這趟臨時起意的返家之旅，雖有些惱人，然而，「家總是家」，它依舊是那樣地可親、可愛。


　　　　　　　　記於大學時期「現代散文課程」作品

# 落日歸雲
## Sunset Returns To The Clouds.

　　疲憊了一日，上了下午四點五十分的班車。忙碌的一天，總算可好好地休息了。

　　抬頭仰望西方的雲彩，正是落日時分。近處，雲層大朵大朵地堆積在一團，連成長串的形狀，略帶些灰暗，彷彿蹲在半空中，隨著風兒緩緩地滑向遠方；它們的背後則有著如鱗片般地朵朵棉絮，與前面陳列的雲層，相互輝映。雲多之處，好像大魚的肢幹，脈絡清晰；雲少之處，有如斑點狀鋪排於高掛的藍天，呈不規則狀。

　　橙黃色的夕陽，散發出耀眼的光芒，實在不適於肉眼久視。此時的我，目光只好移至遼闊的藍天，眼前無邊界的天空，有著橙黃色的夕陽，將藍天暈染成橙紅，又變成粉紅，爾後，又由粉紅蛻變成淺藍與深藍色。這樣由淡色紅逐漸演變成深藍色的整個過程，就好似個不拘小節的藝術家，持著色彩多變的調色盤，恣意揮灑。

　　大自然的渾然、天成、不做作，不禁讓人目光停留許

久，直讚嘆它的美景、它的傑作。此時，另一方來了一架飛機，劃過天際，滿佈雲彩的天空，霎時，劃出一道有如絲帶般的分隔線。遠處的那方，朦朦朧朧的暮色，腳步一點兒也不停歇地逼近。隱隱約約之間，遠方的那端，彷彿聳立著一座銀白色的雪山，是如此地遙不可及，僅能靜靜地、遙遠地隨著公路於彼方，欣賞那因光線所造成的各種風采。

　　目見範圍逐漸變小，最後，黑夜總算揭開序幕。遠處成串、成排的路燈、霓虹燈，正隱隱地閃爍著，車窗外的景色與車窗內的小燈光，恰恰輝映成趣。身子再多貼近車窗一些，想一探究竟，卻只見自己的身影，落在車窗上，隨著身體的動向，相反地左右來回擺盪。剎那間，車內燈光瞬間亮起，讓人禁不住半掩著面，四處張望。哦！原來是——目的地已經到了，該是下車的時候了！


　　　　　　記於大學時期「現代散文課程」作品

# 過境
## Transit

　　一夜的時間，空氣凝結，氣溫驟降，這是一次新的體驗。十度以下的低溫，是南台灣不曾有的，首次遇此，倒真有些不適。

　　此時的風，儘管不大，太陽偶也露臉微笑，但空氣依然低迷，每每一陣間歇風吹來，總讓人不經意地打著冷顫，尤其雙頰面迎著風，更讓人有著撕裂般的感受。冷風掃過林蔭中的每一處，連衣縫也逃不過、躲不掉，總能鑽進層層的衣物，侵入肌膚，使人們不禁四肢冰冷，身體自然地蜷曲而瑟縮著。

　　這天，恰是流星雨來臨的日子，夜晚的天空，雲佈天際，視線也未能清晰，偶有大朵大朵的雲，略過眼前的天幕。抬頭仰望，不見月娘的蹤跡，她隱藏在雲層之後，只是偶爾露出臉，透過光來，但夜的重頭戲，並非她的魅影，而是讓人期待已久的流星雨。

　　正因為流星雨的這股熱潮，不僅讓行走在這天然大冰庫

裡的我，燃起漫遊、賞景的興致，更讓原先只想躲進暖暖的被窩，以及大口大口地嚥下那熱呼呼的湯圓，享受寒冬甜食的我，終於動身與三五好友們相邀，一同觀賞這難得一見的天文奇景。

跟隨著幾位好友們，直至二十層樓高的樓頂觀星。咱們鋪上透明塑膠布與薄被單做為底墊，抱著厚重的被子，平躺在上，邊聊著天，邊注視著眼前的這片夜空，殷切地等待著每個奇蹟的乍然出現。偶喝些熱茶，暖暖身子，持續地等待著流星劃過天際的每一刻。每當流星，匆匆一瞥，那陣陣的歡呼聲，即隨之而起，此時人們雀躍的心情，可說是溢於言表。但是，它往往瞬間縱逝，人們總是趕不及它的速度，未能即時地大聲道出自己的願望，唯恐稍不留意，便錯失良機。

爾後，起身四處逛逛，俯看地面白色、黃色霓虹燈交輝相映的景色，遠處高架的高速公路，每頃刻偶有幾輛車子從眼前瞥過。它們來得快，去得也快，總讓人捉摸不定。

仰望著天邊的另一端，繁星點點，天機、天璇、天樞、天權、玉衡、開陽、瑤光的北斗七星，以及幾個著名的星座，皆能逐一連成斗杓與星座的形狀。昔日教科書上的文字，儼然活生生地陳列在這夜晚的天幕上，實讓人不禁地讚

嘆星辰的奇幻與美妙。

　　儘管氣溫的變化極大，讓人略感不適，不過這天文奇觀的過境，卻讓人滿懷著無限的欣喜，因此這原先冷澀、淒清的黑夜，不再寂寥，不再無聲。人們彷彿回到那和暖又可親的家鄉，踏上寒夜的熱潮，傾訴著心中最真誠的希望。

　　　　　　　　　記於大學時期「現代散文課程」作品

# 夢醒夜半
# Waking Up In The Middle Of The Night.

一陣昏眩，意識稍些模糊，做事有些力不從心，此時的我，因而不得不放慢腳步，暫時擱下手邊的事物。終於，意志力抵不住生理時鐘，傾倒於床邊，耳邊的聲量，由大至小，從有到無，此時此刻，我暫且逃離俗事的煩惱，靜靜地、獨自地走進個人獨有的情境，一幕幕的影像，接連地呈現在眼前，注視著有如電影般的情節。這時的我，並不想擔任劇中的女主角，只願做個無聲的旁觀者。

幾天前，忙著趕進度，完成之後，有著痛快、解放、舒暢的感覺，它是如此地讓人愉悅，尤其是將腦中一波波的思維，化做文字表露出來，或許經百般思索，多時之後，才熬出的結果。總之，最後皆由觸碰鍵盤後顯示在電腦上，經仔細默讀再次修飾更正，再退一格按下「Delete」即可修改呈現目前所需要的，它的妙處即在此。終究得將成品列印出來，聽著印表機啟動，印刷的機器聲，有著期待、喜悅的心

情，細細品味，反覆多次，外人看來似乎孤芳自賞，但這即是自身欣喜的反應吧！

　　未來幾天，終於可以隨心所欲，不被外在人、事、物所牽絆與干擾，這種輕鬆的感覺真棒！夜已深，室外不再嘈雜，打開窗戶，清風徐徐，終於可好好地享受寧靜，好好地休息一番。


　　　　　　　　　　　記於大學時期「現代散文課程」作品

# 雜感
## Miscellaneous Feelings

　　清晨，冷風不徐不緩地掃過每一片樹林，難以計數的草原。早起從事活動的人們，伴隨著霧濛濛的水氣，飄盪過眼前的這一片天，也與它們擦身而過，爾後，它們頭也不回地前往更遙遠的地方，或許是我足跡踏過的地方，或許是抵達了我溫暖的家……。幾個星期來的清晨，水氣總是那樣地恣意瀰漫，身在其中的我，總想抓它一把，好好地私藏起來，自個兒享有這般的冰寒與清新。但是，這一貪念，總讓身旁的它，一下子就躲得遠遠的，抬頭一望，才發現早已遠至那端的樹林了，就彷彿披著薄紗，隱約穿梭於林蔭間。

　　朝陽漸漸升起，稍化解昨日入夜至清晨凝結已久的空氣，此時，霧氣早已不見蹤跡，視線更加地鮮明，更加地清晰了。人們的活動，隨之展開，開心地迎接這一天的生活。

　　溫差略大，這是這幾天來中台灣天候的寫照。日正當中時，豔陽高照，疾風頓時轉變成了暖風，儘管不像夏日般地炎熱、惱人，但那當頭的烈日，依舊讓室外活動的人們，睜

不開雙眼，皺著眉頭，看著世界。傍晚的夕陽，和煦怡人，隨著涼風輕吹，別有一番不同的感受。時序已近深秋，不禁想起全家團圓，一起分享生活點滴的不拘與快意！

記於大學時期「現代散文課程」作品

# 這二十餘年的改變
## More Than Two Decades Of Change

　　方才初出茅廬踏入而立之年的我，已晉身為社會的中堅份子，生活在媒體與網路充斥的環境下，而今也聽聞了些許的社會事。不論是近年學校課程設計的教學目標，抑或生活上所接觸的影視媒體，恰好都討論著「生」與「死」為主軸的「生命教育」議題。這裡我要談的既不是憂鬱症的自我檢視，也不是預防自殺、家暴防治與愛護弱勢族群，而是身邊一路陪伴的親人，因隨著年齡的增長，或是病痛的纏身，就此一一離我而去。

　　在路上，偶爾還是會瞥見有些人家，將自家的大門兩側與鄰居相連的空地搭起了布棚作為兩家的屏障，布棚之外且掛起了紅色或白色的燈籠。這戶人家則更換了平日的衣著，穿起白衣、黑衣或素色服裝，進進出出地忙裡忙外。道地人見此狀，便知道這是怎麼一回事，也會很自然地繞道行走，從前的我，當然也不例外。但是，當非得經過，無法繞道而行時，有時也會好奇的探頭看看，照片上究竟是個什麼人？

兒時的我，對這些事的認知，僅停留在當年盛行一時，看似有這麼一回事，卻又非真實的港劇電影情節中「一見發財」的印象，想來可真是既無知又充滿遐想。

　　人生的第一次，輩分算來我是曾孫輩，其他父親的手足與他們的子女，加上與爺爺同輩的幾位叔公，和叔公們的兒女及其下一代的家族成員，人數加總起來可真是不少。因此，族人聚集在一起，討論著如何操辦長輩的身後事之外，其餘的互動，幾乎勝過平常的年節氣氛，難得的碰面與寒暄，顯得異常的熱鬧，自然減低了我心中的疑惑與些許的恐懼感。後來漸漸長大，才在書中閱讀到，所謂「腳尾飯，腳尾紙。」「查某囝五花孝，乾仔乾孫紅爆爆。」「放手尾錢，富貴萬年。」的臺灣謠諺，這些不就是當年的寫照！相同的事，距離第一次約有六個寒暑，這些人群再聚集一塊是為曾祖母辦事。有了上次的經驗，我對這些事的印象，也就更為清晰，更明白大人們究竟在討論些什麼要緊的事了。

　　二十年前，曾經目睹著早年鄉間眾人齊聚一堂與多項繁瑣的道教儀節，或許是我不懂得它，因此每在夜深人靜的時候，看著道士辦起法事，總有著生人勿近與不寒而慄的感受，令人又敬又畏。看著大人們進進出出的忙碌著，聽

著大人們討論一些事，尤其世代相隔的觀念差異，個性較為執著且不易接納新觀念的長輩，提起正事來最為慷慨激昂。同樣都是敬重尊長，只是科儀略有差異，究竟是沿襲早年的舊規，還是採用當年的新法，成為大家討論與磨合的重點。

再來是大學時期，清明節之前，父親的一通電話，我便趕忙從台中搭車回到家中後的那七天，最讓我難忘。這次與先前有所不同的是，除了白天有親戚與父母親的同事、朋友和同學，各自前來拈香，以及助念團白天或晚上的輪流助誦之外。每到了夜晚，親友皆離去後，就到了我與父親必須冷靜面對自己的時候。這幾個夜裡，我無法闔眼……多少的想法，一湧而上。

往後的一年裡，每逢農曆的初一、十五，我與父親在母親的牌位前祭拜，外婆家的親友也多次前來幫忙，以及請來師父誦經，無不希望讓帶著病痛而離去的母親，能早日獲得解脫。歷時一年過後，再依民間禮俗，將母親牌位請回老家與祖先們合爐。

隨著時間的遞變，在鄉下地方與在都市裡，終究有些許的不同。禮俗方面，身為都市中的人群，寧可選擇較為合宜

的方式來進行，也不願意沿用早年鄉間的經驗。畢竟已事隔近十年了，歷經時間的遞嬗，生活的環境也大不相同，因而在尊重往生者生前的意願下，採以近親們都能接受的方式來辦理，才是當下最為明智的選擇。

最近幾年，先是自己的奶奶過世，相隔五年後，婆家的爺爺與自己的外公也相繼歸天。這些老人家每當進出了幾次醫院後，往往就此走上人生最後的路程。他們面對親人最後的道別，僅能臥躺在床榻上，抱以不發一語或略微開眼、肢體的反射動作來回應，由不得時間的流逝，經迴光返照後，器官便逐漸衰竭而撒手人寰。

正因參與了親屬的生命之路，深刻地體會了早年南部鄉間繁瑣的道教儀節；後來才轉入適合都市人操辦的佛道雜揉儀式，簡約了不少必須在鄉間與大家庭中才有辦法進行的繁文俗節。儘管後者的操辦方式已略有革新，然而「慎終追遠」的精神終究不變，生者至此獲得內心的平靜，無所愧對。所以，這二十年來的改變，看似簡化，其實不失禮法與莊嚴。

最近幾年，由於家人們皈依佛教，家族的長輩們更以佛教的儀規來操辦，使得一家人在寧靜的佛樂聲中，為往生的

老人家誦讀著經文與進行著各項祭典，總總的儀式也就在安詳與平和的氣氛中度過。

記於100.11高雄

# 石斛蘭與父親節慶
## Dendrobium With Father's Day

　　今日是父親節，眾多花卉中的「石斛蘭」因它秉性剛強、和氣可親，被人們視為父親節之花，花語為「慈愛、幸福、純潔、勇敢、歡迎、祝福、吉祥」。有許多國家也把一年一度六月二十日父親節時盛開的「石斛蘭」，視作「父親節之花」，花語是「歡迎你，親愛的。」

　　二〇二〇年，現代化的當今，不再有朱自清之父昔日跨越月台的情景了，取而代之的是年度的聚會、隔空的電話問候及影像視訊。回憶起，從前北上進大學前，正準備離家的我，父親便帶我至通訊行，挑選了飛利浦的手機，時下還未人手一機，印象中外型比起大哥大偏小許多。當時對金錢價

值尚無感的我，僅把它作為與父母遠距聯繫的工具，至今，再回溯二十年前，這手機的存在，陪伴我大學四年的重要性，遑論是校園中的瑣碎絮語，家中噩耗或上榜報喜，正如同現今智慧型手機與筆記型電腦般的重要啊！再來，自小女出生後，近年興起的Line更是父親、公婆與兩孫女、外孫女維繫情感的最佳利器，千百張的照片與無數的歡笑影音，皆成為三代彼此緊密聯繫的重要媒介。

再回到父親節之花──「石斛蘭」的學名為Dendrobium，原為希臘文，意思是「生長在樹木上」。其原生環境大多數以熱帶亞洲為中心，陰溼樹林，能寄生樹木上，吸取空氣中的溼氣和養分。分布地區廣達澳洲、紐西蘭、日本地區，品種至少千種，著生於樹木或岩石，許多美麗的品種，屢經改良後即可大量栽培。「石斛蘭」也是蘭花市場上熱門的植物，其人工改良品廣受眾人喜愛。使用「石斛蘭」來贈送與

擺插，一般多是「秋石斛蘭」，而非「春石斛蘭」，因為後者不宜作插花材料，多數是落葉品種。

　　「秋石斛蘭」的「蝴蝶型」花近似「蝴蝶蘭」，花型較小，由泰國等地運來的「秋石斛蘭」，價廉、耐放，能置於餐廳、酒店與飯店，但不限於秋天開花。尤其，四季如夏的東南亞地區，長年供應。「秋石斛蘭」的花語是「歡迎」，該品種可單獨擺插，也可陪襯許多其他的花卉和綠葉。

　　古時，《本草備用》曾把「石斛蘭」作為藥用花卉。「秋石斛蘭」和「春石斛蘭」相同處，在於喜歡清涼和空氣流通，害怕悶熱及油煙；差別處在於「秋石斛蘭」非落葉性植物，若生長環境佳，葉子可在植株上長達三年不凋榭。「秋石斛蘭」之葉變黃凋落的原因，是因嚴寒所致，可作為禮物，於中元節和歲末時產出。由於中元節時氣溫高，無須擔心落葉問題，到了歲末時卻易受寒，容易讓葉子變黃而掉落。假若不想讓「秋石斛蘭」落葉，就要在冬季時也讓溫度保持約攝氏二十度上下，但家庭內栽植卻不易達到此標準，因此，對「秋石斛蘭」而言，僅須有溫暖的房間，便能生長良好。

　　每當「石斛蘭」萌生新芽，老枝幹就將所有養分輸送給

新芽，讓新芽為枝幹持續開花。父親的無私奉獻，正如「石斛蘭」舊芽促進幼芽開成屬於自己的一片花海一般。這樣的特質，故而人們將其賦予「慈愛、幸福、純潔、勇敢、歡迎、祝福、吉祥」之語，成為眾所皆知的「父親節」之花。

# 不平凡的政治女鬥士
## Extraordinary Political Female Fighter

　　前些日子電影「以愛之名：翁山蘇姬」與「鐵娘子：堅固柔情」上映的時候，影集中所描述的兩位女性，恰為跨越二十世紀與二十一世紀的當代國際政治名人。二人的事蹟，已在報章、網路傳播與電視媒體刊載了數個月之久。

　　翁山蘇姬做的事，與尼爾森・曼德拉（Nelson Mandela）當時在南非為了種族隔離政策所做的努力，幾乎相同。他們二人都是在爭取自由民主之路時，遭受迫害而作出莫大的犧牲。甚至曼德拉的自傳中，提到種族隔離與羅本島（Robben Island）的牢獄部分，為她在軟禁的日子裡，鼓舞士氣。自律和自制則幫助她度過多次的軟禁，她的兒子亞歷山大（Alexander）當時只有十六歲，而金（Kim）也僅十二歲。他的丈夫麥可・艾利斯（Michael Aris）一九九九年時因癌症逝世，然而翁山蘇姬終究未能見上丈夫最後一面。

　　從一九八九年首次軟禁，至二〇一〇年十一月獲釋，這二十一年來，有長達十五年的時間被監禁，她坦然接受被孤

立的生活，且能樂觀正向地度過這漫長的每一天。她那無比堅毅的意志，戰勝內心的恐懼，為的是與緬甸軍政府作長期的對抗。受訪的翁山蘇姬，也提到：「我認為自由有兩種形式。第一種是心靈上的，如果人認為自己自由，那就是自由。有些時候人會獨處，只要時間是屬於自己的，這時是再自由不過了；另一種是環境形式上的，你所處的環境自由嗎？我的答案絕對是否定的，因為我不認為緬甸是個自由國家。」因此，這裡見到翁山蘇姬為民主自由之路所作的努力，恰似中國老子「柔弱勝剛強」的方式，使得曾經為整肅異議份子，與恣意殺害人們而作出暴力手段的緬甸軍閥，作出退讓。

電影中的情節，與政治環境的殘酷現實相較之下，又多了些許的親情描述，使得紛亂的民主運動中，為堅毅而柔性的印象，增色不少。她的丈夫在幕後為其奔走，透過國際人權組織的力量來維護翁山蘇姬在緬甸國內的人身安全。我認為這是家庭裡，丈夫支持妻子，兒子們支持母親，為民族國家做大事的親情力量，而非媒體所聲稱的愛情力量，因為只有一家人的親情後援，信念一致，翁山蘇姬方得以在民主之路上，層層推進。這幾個月來，國際媒體不斷更新近況，螢光幕上的她，神采奕奕，不自主地讓人聯想到她那剛柔並濟與柔軟強韌，令人敬佩的嘉言懿行。

至於柴契爾夫人（Margaret Hilda Thatcher）的鐵腕作風與翁山蘇姬的故事，相較之下，身為首相之尊的她，政治手腕最是強硬。舉凡財政上的貨幣政策，經濟上的私有化政策，扭轉國內經濟衰退的情況，國際上與當時的美國結為盟友、取回福克蘭群島等，都是身為首相的柴契爾夫人，執政期間重要的政治策略。這樣的女性，跨越了二十世紀與二十一世紀，決定了當代的英國內政和國際情勢。她一生的功績，為歷史上的那個年代，留下深刻的人物速寫。

# 桃園海洋客家牽罟之旅
## Taoyuan Ocean Hakka Tour

　　二〇二〇年八月八日父親節，來到桃園市政府客家事務局所舉辦的「牽罟」活動，探訪著客家的「牽罟文化」。所謂「牽罟」，位於桃園市新屋區的永安漁港[1]南方，是運用魚群最密集靠岸之時，先以一艘舢舨將曳地網撒至大海中，再將漁網的兩端固定在岸邊上，當魚群被圍住後，再由岸上的數十人協力將魚網拉上岸邊。此活動的目的，不在於撈捕魚貨，而是藉由「牽罟」活動，讓大家重視海洋客家文化的記憶與傳承，提升海洋環境資源的保育。

　　自當天上午九點報到後，分組進行「牽罟」活動，大夥兒來到了海邊，備好帽子、雨鞋、袖套、手套後，開始體驗「海洋客家牽罟活動」。活動的搭棚邊，請來了桃園市新屋區天后宮的媽祖坐鎮，在漁港邊守護著這次全民的牽罟活

---

[1] 永安漁港位於社子溪出海口，原名崁頭屋港，是親子們一起騎車吃海鮮美食的好去處，離綠色隧道不遠的路程就可以輕鬆騎到，是全家人休閒娛樂的好去處。永安漁港內建有一棟觀光漁市，外觀以龍蝦為設計風格，並有兩道透明螺旋梯。另外，永安觀海橋是永安漁港的一座跨港大橋，每逢傍晚五點後燈光點亮整條橋，照映在海面上非常浪漫，更是攝影人眼中的一大美景。

動。上午十點半前，日照尚未高掛，海風吹拂，清涼舒爽，當「海螺」聲響起後，「牽罟」漁船出海歷經十五至二十分鐘，方能完成下網與返航。「牽罟」是台灣近海漁業中，古老的傳統捕魚方式，船東必須先觀察潮水、海象、魚汛，pun de er 號召組員集合出海，再將漁網拖至三百至五百公尺之遠的海域，讓漁網呈現出「倒U字形」，而岸上的眾人聆聽船上聲響及岸上指揮人員的口令後，便齊心協力地將網子向岸上拉起。

　　依據《新修桃園縣志》所載，清代乾隆時期，客家移民大規模開墾，沿著社子溪流域登陸上岸，客家人口比例已達八成，屬為道地的客家庄。新屋簪海正是古代大石門溪的古河道，因客家先民們選擇於此地開墾撈捕，進而發展出特殊

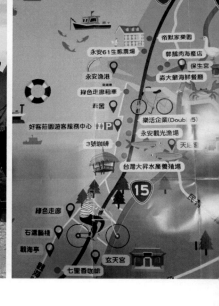

的海客文化。這裡的傳統漁業，與近山客家庄的生活方式不盡相同，屬於「牽罟」捕魚特有的海洋客家聚落文化，彰顯出傳統漁業的存在價值，以及集體互助的團結精神。

　　而客家先民這樣團隊合作、利益共享的捕魚方式，是由船東先以船筏載運漁網至適當海域撒網後，再掌握潮流和漁群游移方向，誘導魚群入網。村內的青壯年與孩童，紛紛前往岸邊齊力拉魚網，在有節奏的海螺聲指揮下，配合漁船行駛的速度，全體同心拉網收魚，漁獲便歸為眾人所有，即俗語「倚繩分魚」，恰是早年新屋簷海居民漁村生活的歷史情景。由於近年來隨著漁船機械化和養殖業的盛行，「牽罟」缺乏經濟產值而逐漸沒落，使得長年生活在都市裡的人們，已不再熟悉這種傳統的捕魚方式及其所蘊藏的文化內涵。

# 亭亭淨植，出淤泥而不染
## Out of Silt and Not Stained.

　　荷就是「蓮」，蓮就是「荷」，古代稱之「芙蓉」或「芙蕖」。唐詩有許多記載，孟浩然（689-740）〈夏日南亭懷辛大〉：「荷風送香氣。」王維（692-761）〈山居秋暝〉：「蓮動下漁舟。」白居易（772-846）〈長恨歌〉：「芙蓉帳暖度春宵。」杜荀鶴（846-904）〈春宮怨〉：「相憶採芙蓉。」

　　中國栽種「荷花」的歷史非常久遠，距今已有七千年之久，河姆渡文化遺址已有荷花孢粉；距今五千年前的仰韶文化遺址已有碳化的記載，野生荷花出現的年代可能更早。人工栽培荷花的記載，最早是春秋戰國時期，當時吳王夫差為西施修建的「玩花池」，其中栽種的就是「荷花」。

　　《群芳譜》提及，「蓮」是花中的君子，「蓮花」又叫做「君子花」，在「蓮花」池中央建造的涼亭，叫做「君子亭」。明朝葉受寫過一篇〈君子傳〉，主題在寫「荷花」，每個朝代的文人都創作許多描繪荷花的作品，其中最著名的

就是宋代周敦頤（1017-1073）〈愛蓮說〉：「出淤泥而不染」，便是用來比喻道德情操高尚的君子。

「蓮花」的栽培品種很多，有「重苔蓮」、「開頭蓮」、「一品蓮」、「四面蓮」以及「千葉蓮」等。當白居易（772-846）不做蘇州次使返回洛陽的時候，就曾帶蘇州的特殊品種，寫了著名的〈種白蓮〉：「吳中白藕洛中栽，莫戀江南花懶開。萬里攜舊爾知否，紅蕉朱槿不將來。」作者藉由紅蕉、朱槿對比，表達自己對於白蓮的喜愛，又勸說白蓮不要留戀江南而懶得開花。

佛教中用「蓮花」象徵神聖和貞潔，據說信徒眾多的觀音菩薩就是「蓮花」的化身，而哪吒就是蓮藕人。魏晉以來，佛像下都有蓮花台，表示聖靈的聖潔。[1]

記於2017.03.21。

---

[1] 參見王士祥著，胡國平等攝影：《經典唐詩植物圖鑑》（鄭州：中州古籍出版社，2005年），頁48-49。

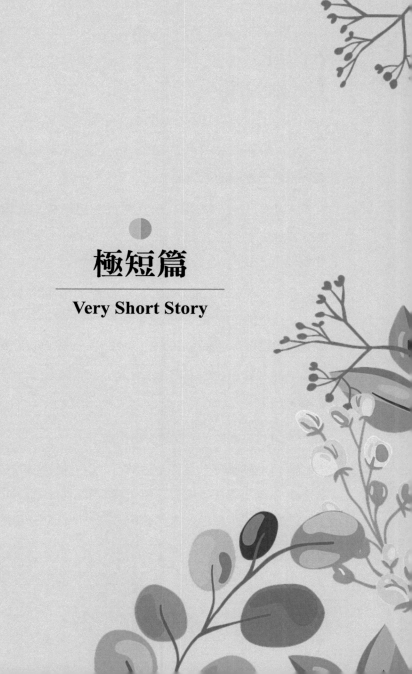

# 極短篇

Very Short Story

# 心鑽
## Heart Drill

　　宜如在百貨公司見到「珠寶恆久遠，一顆永流傳」的佈告，便自然地向前走去。

　　「小姐，我們有鑽石男女對戒、男鑽戒、女鑽戒、手鐲、墜子、紅寶石、藍寶石、玉石。妳需要什麼呢？」專櫃小姐問道。

　　宜如心想著，以前結婚時，手頭較緊，只能挑較廉價的飾品。如今生活有所改善，又已拿到先生的年終獎金，當然要好好犒賞自己這一年來為這個家，為丈夫，為孩子的辛勞。

　　「嗯，我想看看女鑽戒的部分，請妳介紹一下。」宜如輕聲地說著。

　　「請到這邊來。」專櫃小姐指道。

　　「這是蘇聯鑽，它是方晶鋯石，是一種合成的仿鑽石；左邊的是摩星鑽是美國公司所研發的鑽石替代品，它的硬度與閃亮的折光，接近於天然鑽石，並優於任何一種鑽石替代

品，更重要的是，摩星石對鑽石導熱儀的測試反應竟與天然鑽石無異！右邊的南非鑽，它是天然鑽石的代表。」

「我想看看這邊的南非戒。」

這些飾品透過美術燈的照射，「晶」光閃閃，散發出一種耐人尋味，讓人目不暇給的感覺。這貌美的小姐和年輕媽媽正低著頭，透過這潔淨清晰的玻璃愉悅地討論著鑽石話題。

「最上面這排是最流行的款式。」小姐取出。

宜如便試試這些新潮的款式，她想像著走在路上或參加宴會，別人盯著她手上鑽戒的模樣。望了望手上的款式，剛戴不久，又馬上換了另一組，前前後後已有十幾次了，眼前的三組款式，真叫人難做選擇啊！

「這一組賣的很好。很多小姐或太太，甚至先生買給太太的也都買這一組。妳看，它的造型不同於其他鑽戒……。戴在小姐您的手上是多麼高貴、有氣質！」

「請問它的品質鑑定為何？」

「小姐，關於這個問題請放心，我們的產品都擁有國際認可的寶石鑑證機構——GIA，所頒發的寶石鑑證師專業資格，以及簽發鑽石鑑定的證書。因此我們有絕對的品質保證。」

「至於價格怎麼算呢？」

「以目前的美金報價，等級D/VVS1每分為100元美金，這裸鑽為1.2克拉，因此市場公定價為112×120×35（匯率）……，再加上……」

她，微微地怔愣著。對於宜如來說，購買飾品這是一筆不算小的數目，因此這些數字開始在她的腦海裡不停地浮現著。印象中，鑽戒代表的是身分、地位，不久前，她曾見過昔日的同窗好友，不也戴著鑽戒與鑽鍊，那副神采奕奕、自信滿滿，高貴又有氣質的模樣，早已羨煞她許多時日了，對於這些奢侈品仍多半是現代人趨之若鶩的。

不過又想起，隔壁鄰居王太太，曾抱怨半年前他們家遭小偷，把她心愛的兩組鑽飾都偷走了，這事件讓她抑鬱了一個多月，畢竟損失重大啊！後來，上個月又聽王太太，她戴著鑽飾上街，卻不幸地遇到流氓，為了保住性命，便忍痛地將鑽鍊、鑽戒和現金給了他們，事後，王太太在鄰家四處張揚歹運，口口聲聲說，她就要破產了，關於這個事件，直到前不久才終於平息。

這些思緒讓宜如開始動搖了，放家裡不安全，戴著出門上街卻又怕遇上打劫……，種種可怕的預設畫面，一一浮現。

「不急，慢慢看。」小姐以為宜如拿不定主意。

宜如四處看了一下，手指著專櫃小姐身後的展示櫃且說：「小姐，請替我包裝那組年終特賣品。」

這時，只見專櫃貌美的小姐含笑的眼中閃過一抹訝異。


記於大學時期「現代散文課程」作品

# 原「萊」如此
## So Was The Case

　　名作家嵐馨女士，接到一封E-mail，其中一篇的內容是：恕我冒昧，寄上此信，我是位流浪的孤兒，從小父母雙亡，靠祖母扶養長大，去年祖母年老病逝。一年來，我四處打臨工，賺取生活費；一天，走近妳工作室，突然肚子痛，於是我到處找掩蔽的地方，見你工作室門沒關而自行進入使用廁所。後來，您忙著搬運家具及擺設，於是我趁妳不注意的時候躲進地下室。平日，妳習慣邊喝咖啡邊聽音樂邊寫作，讓我非常羨慕妳的生活，我也期望未來成為一位優秀的作家；妳不在時，我上樓來閱讀妳的作品，妳的文章溫柔敦厚，關懷現世；夜深時，我便上樓來找現成的食物充飢……；在妳家的日子，讓我感到非常舒服，從出生到現在，我還未享受過如此美好的環境，我好渴望擁有一個溫暖的家……。以上雖未事先徵求妳的同意，但我對您絕無惡意，現在我已離開，請放心。

　　嵐馨女士讀到此處，已渾身冷汗，便起身四處看看，確

定屋子裡沒有其他人，才又放心地坐下來喝口咖啡，緩緩情緒，然後又繼續讀下去⋯⋯。

末段寫著：我的真名是王萊——家具行的小開，喜愛閱讀您的小說及散文，是您的忠實讀者；早已久仰您的大名，那天您到我家購買家具，恰是我放學下課回家，還未來得及招呼您，只見您匆匆離開，心中甚為遺憾。近日，校刊恰開始徵稿，題材是關於社會弱勢族群的關懷與協助，我想參加試試，以表達自己的理念與所見所聞的社會現象，假如將上述作為題材，您認為是否合適，敬請批評指教。

寫於大學時期「現代散文課程」作品

# 饒虎
## Rao Hu

　　打從蓬豐公司創立以來，饒虎先生就從基層工作做起，由原先的職員升遷至課長、科長，以至於今日的部長。短短的兩年期間，他步步高升，飛黃騰達的速度讓外人難以置信，事實上是歸於他平日極力的吹、拍、逢、迎，以致於有今日羨煞人的好成績。

　　這位饒部長名虎，因他為人處事奸滑，而有了另一個別名，叫做饒虎理（老狐狸）。

　　近日，有消息傳出，他將被調任為副總經理，此事公司的同事與部屬，人人議論紛紛，他們認為足以勝任副總的人大有人在，無論在才識、學識或遠見都遠遠超過這位饒虎理先生。但董事長與總經理都被他迷住，其他人又奈何呢？

　　這一年，蓬豐公司為與鄉民廣結善緣，而擴大舉辦敦親睦鄰的活動，各部會正積極籌備策劃中。這天，各部會員工代表及部長們開會處理活動流程與審核預算案。

　　「我認為此次既然擴大舉行，倒不如再延長個二、三

天。」饒部長的第一次發言。

「目前資金僅有……，若擴大舉行需動用到預備款或是向相關企業募款……」一名出納組的員工代表發言。

「哼！錢不是問題，還缺多少？」

「大概還需要資金……」員工發言。

「我捐出三個月的薪水。」饒部長說完立刻抓起手邊的電話，撥了號碼且說：「胡秘書，我是饒虎，請妳將我近三個月來的薪水，撥入公司出納組的帳號中，……。謝謝妳。」

話才剛說完，又撥了另一通給總經理及董事長：「老董！吳經理！我們正在開會處理……，但出現資金不足，可否請二位長官資源一下，嗯！好……好……謝謝……謝謝……沒有你們的幫忙，活動就無法繼續辦下去，真是感激不盡！」

由於饒部長的舉動，讓會議也跟著停頓下來。

「現在資金已足夠了，我捐出……，董事長……，吳經理……，共……。我就說嘛！錢不是問題！既不會動用到預備款，更不用向其他公司募款。既然是本公司自己的活動，

幹麻還向外人求助啊？」饒部長說完，臉上頓時露出得意的神情。

　　全場，因此話為之一振。

　　此時，進來了一位臨時工人，饒部長問：「先生，有事嗎？」臨時工人說：「五分鐘前，你們維修部要求將全公司電話線路更新，因此暫時切斷話線，現在我要將新的接上，你們公司很快就可以恢復正常使用了！」


　　　　　　　　　　　寫於大學時期「現代散文課程」作品

# 寫作論評

Writing Commentary

# 人生大夢
## Life Dream

　　王國維《人間詞話》曾以三首詞境比喻「人生」的三階段：「古今之成大事業、大學問者，必經過三種境界：『昨夜西風凋碧樹。獨上高樓，望盡天涯路。』此第一境也。『衣帶漸寬終不悔，為伊消得人憔悴』此第二境也。『眾裡尋他千百度，驀然回首，那人卻在，燈火闌珊處。』此第三境也。」這是言說成就古今大事業、大學問者的生命歷程，從最初的找尋人生目標，進而專心投入，在歷經千百回的思索與探尋後，終於覓得人生價值。

　　古今中外的名人事蹟，他們的生命歷程，或崎嶇周折，或循序漸進；或少年得志，或大器晚成；或專注堅持，或自律努力；或追求創新，或勇敢逐夢；或造福人群，或真誠待人。每個人來自於不同的家庭背景、家庭教育，因成長環境的差異而形塑出不同的人格特質與價值觀。

　　林書豪的職籃生涯，源自於從小興趣的培養，他從哈佛大學經濟系畢業後，捨棄專業所學，進入職籃，展現他蓄積

已久的戰力與爆發力。起初，他知道機會不多，但只能隨時鼓舞自己，抓緊自己所能掌握的基本功，使得尼克隊在全隊士氣低落之時，逆轉局勢，後來則被休士頓火箭隊高薪挖角，成為火箭隊第二位亞洲球星。阿基師年輕時很早接觸廚房，但不被家人看好，他的基礎是經年累月從學徒做起，比別人付出更多的時間磨練刀工、手勁、設計菜單、經營餐廳，以至於學成後能獨當一面。在他的「廚藝世界」裡，從主廚到二廚，從服務生到洗菜助理，只有角色分工，沒有地位高低。他認為「做菜也有倫理，做菜就是做人，做人不好，他的菜也不會好吃到哪裡去。」因此，他從身體力行到待人處事，無不講求謙恭、謹慎，成為今日家喻戶曉的國廚。賈伯斯創辦蘋果電腦，近幾年他開發的系列產品，當紅全球。年輕時，他與朋友在自家車庫裡研發產品，很有自信的做自己想要做的事，儘管波折不斷，被自家公司開除，後來重新崛起振作，另創皮克斯動畫工作室，製作知名動畫片，維持著人生的夢想與熱情，影片果真一炮而紅。他的個性堅毅固執，曾被戲稱作「地獄來的老闆」，但仍有無數的菁英願意追隨，一同完成夢想，成就事業。

這些人，專注於事業上或學問上，為求生存，為達成夢想，成就不論高下，重要的是，他們能夠活出自己、活出熱

情。即使遭遇困厄，也能逆轉情勢，為自己開創新的人生道路。當今的人們，平凡過生活，享受自給自足、婚姻幸福、家庭美滿的樂活（Lohas）人生者居多，為的是保有健康、飲食、與社會協調、適性的生活態度。而檯面上的這些名人，他們多數捨棄了逍遙而自適的生活，全心投入他們所熱衷的事業，或超時工作、或遠離人群、或努力經營。若沒有經營事業的共同夥伴，若沒有朋友的切磋琢磨，若沒有家人的精神支持，僅憑靠著一己之力，獨創新局，是多麼的艱辛啊！因此，人生之大夢，可大可小，端看自己的抉擇與人生價值究竟為何？無論是為了自己、為家人，或是為人群、為民族、為國家而努力付出，都是人生大夢的實踐。

# 我談知識份子
## I Talk About Intellectuals.

　　當今國內教育普及,大學、碩士班、博士班林立,政府推動十二年國民基本教育,也將於一〇三學年度普遍施行。未來接受高等教育的知識份子,預期將逐年增加。然而「讀書」、「做學問」究竟是為了什麼?「知識份子」拿了學位,擁有高學歷,又能做些什麼?這是一值得深思的議題。

　　朱光潛(1897-1986)〈談學問〉提及:「學問是任何人對於任何事理,由不知求知,由不能求能的一套工夫。它的範圍無限,人生一切活動,宇宙一切現象和真理,莫不包含在內。」至於,「做學問」的方法,他言及:「學問的方法很多,人從墮地出世,沒有一天不在學問。有些學問是從仿效得來的,也有些學問是由嘗試、思索、體驗和涵養得來的。」筆者以為,「讀書」、「做學問」固然是「由不知求知,由不能求能的一套工夫。」「有些學問是從仿效得來的,也有些學問是由嘗試、思索、體驗和涵養得來的。」倘若能以興趣出發,每遇瓶頸時,便不畏艱難,忘卻鬆懈怠惰

而能樂在其中，享受追求真知的愉悅，使得長年鑽研的學理或技能，能臻於爐火純青之境。朱氏又言：「讀書不過是學問的方法之一，它當然很重要，卻並非唯一的。」這意謂著讀書是做學問的媒介之一，但非代表全部，如生活體驗、身體力行與科學數據等，也都是求得真理的途徑。

　　身為一位知識份子，在日新月異的大環境中，保有一純真與幹勁的熱忱，是必要的。純真能不為利益所惑，而存著洞察事理、思想敏銳的心，持續在自己所屬的領域耕耘與播種；幹勁則不輕易被難題所卻步，而維持一積極樂觀、即知即行的態度，是做學問孜孜矻矻的重要推動力。其次，明代顧憲成有言：「風聲、雨聲、讀書聲，聲聲入耳。家事、國事、天下事，事事關心。」後面二句，主要言說知識份子對社會的責任心。知識份子最好能貢獻所學，用於當世，若不知關心當前問題，針砭時事，找出解決之道，恐流於紙上空談、閉門造車之嫌。再其次，就知識份子的態度而言，《史記·仲尼弟子列傳》有載，子張向孔子問「達」，子曰：「夫達者，質直而好義，察言而觀色，慮以下人，在國及家必達。」意指讀書人應當立身正直而好義，又能體會人家的言語，觀察人家的容色，事事總想謙虛退讓，這就是「達」。至於過度注重聲譽，「色取仁而行違，居之不

疑。」便只是虛有其表，沽名釣譽，實在不值得取法之。因此，依孔子所言，知識份子首要重視的是修身與處事，而非浪得虛名。

在當今的大環境裡，知識份子讀得多，也看得越多後，便逐步形成一套個人做學問、看問題的法則。這些人既要因應時代的變動，保持競爭力，又須不忘知識份子的使命感，負起傳承與創新的責任。讀書拿學位，只是個人的獨善其身，倘若讀書之外，尚能關心天下事，適時地給予支持與建議，這無非不是一兼善天下的使命，何樂而不為呢？

# 荷畫與荷花
## Lotus Paintings and Lotus Flowers.

　　新竹縣當代國畫家韓錦田先生（1941-），出生於農村時代的新竹，常欣賞山水、體悟大自然與研究盆栽，畫作宗於張大千（1899-1983）的豪邁恣意與齊白石（1864-1957）的筆酣墨飽，加上本身對繪畫的天賦予勤苦自學，集合了書、畫、盆栽、品茗、談天於一身，有著「五全才子」之稱號。韓大師的畫作與書法，筆墨所呈現的氣勢、設色和構圖，有著隨心所欲、放浪不羈、不拘形象的特色，其風格最為人所稱道的是，韓氏以大千居士（1899-1983）的潑墨法為師，再變化出山光水色、雲煙飄渺、變換莫測、雲湧山動的個人創作特徵。

　　2020年2月韓大師（1941-）於新竹縣政府文化局美術館，舉行「不同凡馬：韓錦田八十回顧展」，全家親赴美術館參訪，外子獲贈《不同凡馬：韓錦田八十回顧展》畫冊一本，與韓大師、眺柏兄、言松兄，往來交友多時，吾聞略知一二，故而提筆撰寫此文。

　　畫冊中，收錄了十三幅「荷花」相關的畫作。包括2011年歲次辛卯，畫作〈潑墨荷花〉，標題作〈一池水清落花香〉，66×132公分，題辭：「薰雨拂搖溢香氣，微雨風飄洗埃塵。」又：「園中荷花盛開時，遇雲雨，心繫花落，夜深不寐抒興。」[1]可以見得，韓氏對荷花的觀察，因遇雨而彎腰波折，隨時可能傾倒，且花瓣飄落，僅剩蓮蓬與一片花瓣的情景，言說出作者心繫花落而不寐。2011年，畫作〈潑彩荷花〉，191×45公分，題辭：「亭亭玉立呈精神，潔淨清白不染塵，香氣溢遠傳消息，欲報愛蓮惜花人。」[2]韓氏畫出池塘裡，遠近皆是荷花，亭亭淨植，出淤泥而不染，荷花的墨色淡，綠色的荷葉有深有淺，大膽用色，呈現出荷花的本

---

[1]　韓錦田著、韓眺柏總編輯、韓言松副總編輯、韓美林封面題字：《不同凡馬：韓錦田八十回顧展》，新竹市，涉墨山莊新竹市寶山路365巷5之一號，2020年1月，頁85。

[2]　韓錦田著、韓眺柏總編輯、韓言松副總編輯、韓美林封面題字：《不同凡馬：韓錦田八十回顧展》，頁143-144。

質精神。

　　2012年歲次壬辰，夏颱風過境抒興，畫作〈潑彩荷花〉，標題作〈風搖綠葉如旌曳日照荷花似錦鋪〉，65×132公分，題辭：「愛蓮潔淨玉無暇，狂風乍起心繫花。今朝惜花晨起早，深恐花片滿水涯。」又：「余愛蓮畫蓮園中，集名約五十餘種，每於花期遠近，友好踴至，煮茶論花，不亦樂乎。」[3]此畫與前述2011年歲次辛卯，畫作〈潑墨荷花〉，標題作〈一池水清落花香〉，66×132公分[4]，意境有著異曲同工之妙。2012年歲次壬辰，畫作〈墨荷〉，191×488公分，題辭：「出自淤泥堪自誇，一塵不染玉無鍛。獨異眾卉迎曦發，詩人爭頌歌必花。荷花又稱蓮花，古人喻連合之意。自宋周敦頤〈愛蓮說〉云其『出汙泥而不染』，比為君子之花，佛家更讚為『聖花』。」此幅全為濃淡黑墨，對比鮮明，畫出眾多荷花矗立的情景，大小荷葉更是韓氏豪邁恣意風格的寫照，也是是全畫冊荷花創作少數以黑墨勾勒荷花的作品之一。

---

[3]　韓錦田著、韓眺柏總編輯、韓言松副總編輯、韓美林封面題字：《不同凡馬：韓錦田八十回顧展》，頁125。

[4]　韓錦田著、韓眺柏總編輯、韓言松副總編輯、韓美林封面題字：《不同凡馬：韓錦田八十回顧展》，頁85。

　　2014年歲次甲午夏月，畫作〈潑彩荷花〉，標題作〈惜花晨起早，愛月夜眠遲〉，132×66公分，題辭：「心如蓮花不染塵。」[5]此畫落款十個大字，甚為顯眼，畫中的荷，直挺挺地矗立著，而大朵的荷葉則採用潑彩筆法呈現。2018年，畫作〈潑墨荷花〉，131×65公分，題辭：「潔淨清白塵外姿，香氣溢遠欲報知，詩客佳人若趕到，爭誇吟唱荷花詩。」韓氏自述：「余喜植荷畫荷，今園中荷花盛開，乘與以白石老人紅花墨葉畫荷之法抒興。」[6]由此見得，韓氏與友人對荷花的喜好，既欣賞它的姿態與香氣，也讚頌它的美好。此畫作正如韓氏所言運用齊白石（1864-1957）的「紅花墨葉畫荷法」來創作。

　　2019年夏月園中荷花盛開時，畫作〈潑墨荷花〉，131×65公分，題辭：「雨過天晴花爭開，枝葉洗淨去塵埃，花香飄遠傳消息，詩客佳人頻湧來。」[7]畫中的荷花與荷

---

5　韓錦田著、韓眺柏總編輯、韓言松副總編輯、韓美林封面題字：《不同凡馬：韓錦田八十回顧展》，頁131。

6　韓錦田著、韓眺柏總編輯、韓言松副總編輯、韓美林封面題字：《不同凡馬：韓錦田八十回顧展》，頁127。

7　韓錦田著、韓眺柏總編輯、韓言松副總編輯、韓美林封面題字：《不同凡

葉皆以黑墨勾勒呈現，是全畫冊荷花創作少數以黑墨勾勒荷花的作品之二。2019年歲次己亥，夏月園中荷花盛開時抒興，畫作〈潑彩荷花〉，131×65公分，題辭：「潑墨揮筆畫荷花，以墨當色去奢華，不沾纖塵守潔淨，人誇清白玉無瑕。」[8]此畫是第三幅全以黑墨勾勒荷花與荷葉的創作，韓氏另點出了「以墨當色去奢華」，呈現一樸實之美。

2019年夏月，畫作〈潑彩荷花〉，66×132公分，題辭：「新花爭開六月天，雨過轉晴心繫蓮，枝葉洗淨塵污淨，今年花多勝去年。」[9]韓氏寫出了六月天裡，荷花盛開多

馬：韓錦田八十回顧展》，頁126。
8　韓錦田著、韓眺柏總編輯、韓言松副總編輯、韓美林封面題字：《不同凡馬：韓錦田八十回顧展》，頁126。
9　韓錦田著、韓眺柏總編輯、韓言松副總編輯、韓美林封面題字：《不同凡馬：韓錦田八十回顧展》，頁127。

於去年的情景。2019年歲次
己亥，夏園中蓮花盛開時抒
興，畫作〈潑彩山水〉，
131×65公分，題辭：「世
人爭誇蓮潔淨，不染污泥
一身清，愛蓮說其比君
子，自守清白不沾塵。」[10]
這幅潑彩面鮮豔活潑，與
全黑墨的荷花創作，儼然
意境大相逕庭。

　　2019年歲次己亥，韓氏自言：「余喜植荷畫荷，今園中
花正盛開，特作此抒興。」畫作〈潑彩荷花〉（金宣），
136×200公分，題辭：「花開亭亭出清新，潔淨清白不染
塵，香氣溢遠傳消息，引動遠近愛蓮人。」又：「蓮花又稱
荷花，世人喻連與合之意。」提及：「其品種繁多，三十年
前余余中國荷花研究所，於三百多種中挑選五十種名品，現
今已散遍全台。」[11]此畫與前述不同在於，使用了金宣紙張

10　韓錦田著、韓眺柏總編輯、韓言松副總編輯、韓美林封面題字：《不同凡
　　馬：韓錦田八十回顧展》，頁130。
11　韓錦田著、韓眺柏總編輯、韓言松副總編輯、韓美林封面題字：《不同凡
　　馬：韓錦田八十回顧展》，頁132-133。

來創作，加上多變的潑彩後，宛如是古代宮廷士人的畫作。

2019年夏月，畫作〈潑墨荷花〉，標題作〈落花滿池水亦香〉，65×131公分，題辭：「雨過天晴洗潔淨，去盡汙泥一身清，詩客愛蓮比君子，自守清白不沾塵，余喜植荷畫荷園中，集名種五十餘種，每於花期友好煮茶論花，不亦樂乎。」再者，「水陸草木之花，可愛者甚繁。晉陶淵明獨愛菊，自李唐來世人盛愛牡丹，予獨愛蓮之出淤泥而不染，濯清漣而不妖，中通外直，不蔓不枝，香遠益清，亭亭靜植，可遠觀而不可褻玩焉。予謂菊花之隱逸者也，牡丹之富貴者也，蓮花之君子者也。噫！菊之愛，陶後鮮有，聞蓮之愛，同予者何人？牡丹之愛，宜乎眾矣。」又提及：「周敦頤〈愛蓮說〉將蓮花比為君子形象，其言出汙泥而不染已，成蓮花之代表。適園中蓮花盛開，乘與畫蓮並抄寫與之合璧。」註解說明：「余亦喜潑墨作品，自稱為水墨引導法，好友莊明哲稱飛雲飄雪。」[12] 這幅「落花滿池水亦香」創作，以大字落款，自稱「水墨引導法」畫之，全幅黑墨；韓氏的題辭，不外乎再提起雨後的荷花，潔淨幽美。再次提起他喜歡植荷與畫荷，與好友煮花、論花，不亦樂乎的情

---

12　韓錦田著、韓眺柏總編輯、韓言松副總編輯、韓美林封面題字：《不同凡馬：韓錦田八十回顧展》，頁84。

景。然後，再引古之愛菊、牡丹與蓮，說出花卉之美好，而北宋周敦頤（1017-1073）〈愛蓮說〉，更將其比擬作人的品格。

2019年歲次己亥，畫作〈金宣荷花〉（春、夏、秋、冬），137×132公分，〈金宣荷花・春〉，韓氏自言：「余喜植蓮畫蓮，園中集名種繁多。」題辭：「新葉出水倚輕煙，尚未開花先說蓮，待得佳人蘭舟到，滿塘歌聲艷陽天。」〈金宣荷花・夏〉，韓氏自言：「園中荷花盛開時抒興。」題辭：「潔淨不沾塵土氣，花開滿塘溢清香。」〈金宣荷花・秋〉，韓氏自言：「余最喜李商隱，留得枯荷聽雨聲。」題辭：「滿塘艷荷已凋殘，人記潔淨污不染，惆悵枯葉留待雨，花開花落順自然。」〈金宣荷花・冬〉，韓氏自言：「園中荷花盛開時，以空箋紙作春、夏、秋、冬，四季荷花。」題辭：「絢麗已歸於寂靜，飛韻欲待來幸生。〈愛蓮說〉其比君子，詩人爭誇荷花清。」[13]此畫以金宣紙創作，

---

13　韓錦田著、韓眺柏總編輯、韓言松副總編輯、韓美林封面題字：《不同凡馬：韓錦田八十回顧展》，頁134-135。

韓氏將四季荷花的生長情況，呈現出明顯的對比，由此見得，荷花盛開的生長季就在夏季。

2020年，韓氏畫作〈荷塘清趣〉，29×44公分，註解說明：「見白石老人有此意境之作。」[14]此畫收藏於自宅中，畫中唯一的荷花，花瓣多飄落於荷塘中，荷花展露了蓮蓬，大朵的荷葉與其交相呼應著，而荷塘的魚兒們也彷彿見到飄落的花瓣一般，紛紛簇擁向前。這是畫冊中，荷花畫作，罕見尚有魚兒在荷塘裡悠遊的情景。

新竹市清華大學的荷塘，夏日正午，荷花朵朵盛開，與參差錯落的荷葉交相呼應，二者幾乎布滿了整個荷塘；耀眼的烈陽，既照亮了池塘荷葉與綠蔭水面，也讓眼前的荷花全變成了亮白色。猶記，吳周文（1941-）曾評論朱自清（1898-1948）於1927年7月描寫北京清華大學的〈荷塘月色〉[15]：「詩人運用了近三十個各種類型的疊詞，這些疊詞

---

[14] 為韓錦田大師所贈之2020年新畫作。

[15] 朱自清（1898-1948）於1927年7月創作的〈荷塘月色〉中所描寫的「荷塘」：「曲曲折折的荷塘上面，彌望的是田田的葉子，葉子出水很高，像亭亭的舞女的裙。層層的葉子中間，零星地點綴著白花，有嫋娜地開著的，有羞澀地打著朵兒的，正如一粒粒的明珠，又如碧天裡的星星，又如剛出浴的美人。微風過處，送來縷縷清香，彷彿遠處高樓上渺茫的歌聲似的。這時候葉子與花也有一絲的顫動，像閃電般，霎時傳過荷塘那邊去了。葉子本是肩並肩密密地挨著，這便宛然有了一道凝碧的波浪。葉子底下是脈脈的流

渲染出一種雅而不俗的語言氛圍，產生了獨特的表情達意的效果……準確而又傳神地描寫出傾注詩人主觀思想的美的形象。其中一些從古典詩詞中選用的描寫香草美人的疊詞，大大濃化了妙若美女的荷花形象的情態和風韻，與作品的內在抒情取得了和諧的契合，使描寫語言有一種典雅的美，清麗的美。」又余光中（1928-2017）亦《論朱自清的散文・荷塘月色》：「十一句中一共用了十四個譬喻，對一篇千把字的小品文說來，用喻不可謂之不密。」朱氏所述的「荷塘」其實是北京清華大學「夜晚」的景致，而非我所見「日正當中」新竹市清華大學的「荷塘」。

　　位於新竹縣竹北市的新瓦屋客家文化保存區，夏日午後的池塘，也有著許多的魚兒，在池塘裡悠遊著。每當遊客給予飼料或麵包屑時，魚兒們總是簇擁著向前爭食，把原本平靜無波的水面，泛出一層層的波紋來，讓水池裡生機無限。今年的池塘比起往年，熱鬧非凡，夏日裡，荷花、荷葉與蓮蓬高聳而緊密地矗立在荷塘裡，含苞的荷花此時顯得特別的亮眼，有些掩映在荷葉之間，有些則直挺挺地一枝獨秀在葉面上。這裡尚有白色的野薑花，與荷花交相掩映著。另一邊

水，遮住了，不能見一些顏色，而葉子卻更見風致了。」

的田埂，則種植著比人高大的向日葵。夏日的竹北，日落時間約略在晚間七點多，因此，假日偶爾悠遊一趟新瓦屋，無不是一夏日午後的饗宴。

這讓我想起，孩童們常玩的遊戲，「荷花荷花幾月開？一月開不開？二月開不開？三月開不開？……」

# 談餐旅意象的寫作視角
## On The Perspective Of Writing On The Image Of Dining And Travel.

關於「餐旅」的寫作，雖著時代的進步，人們對飲食的講究，生活的品質，日漸多元而廣泛，近十年來以此為題的創作也四處可見。筆者也深刻感受到「餐旅」早已成為國人生活所重視的一部分。以下筆者即根據個人的生活見聞，為「餐旅」意象的寫作，所作的整理。如下所述：

## 一、了解食材，品評美食

最為常見的品評，不外乎是網路部落客族群，記錄著各道美食餐點的色、香、味等圖片與文字，因為經尤其細心的觀察與細述，使得美食不再只是呈現在餐廳的桌上菜餚而已，而是回到家後還能夠唇齒留香，提筆寫出那場足以回味的美食佳餚。若是打算撰寫他人餐廳的美食，且放在公開網路的社群網站上，不妨先經由餐廳業者的許可，多向服務生

了解食材的來源與烹調方法，在細嚼品嚐後，以最為公平客觀的方式，真確地記錄著個人對美食的感受，如此一則餐飲的寫作，便如實地展現在眼前了。甚至可邀請業者一起觀賞美食寫作的文章，且與餐廳主管、服務生合影，如此對業者既不失尊重，也可讓相關的人共享美食的文字饗宴。

## 二、累積經驗，拓展視野

　　專欄美食作家筆下的美食經驗，往往讓人食指大動。因為豐富的美食經驗，無不為其帶來最大的寫作資源，不僅能將各家或各地類型相同的餐館，予以比較；或是各地不同類型的特色餐廳，給予綜合討論，皆能細嚼出彼此之間的差異性，並將餐館的售價與環境評比一番，甚至以健康料理為宗旨，進而綜合鑑別出等級層次的優劣，最後再整理出美食家個人的喜好與料理程序，終撰稿成一完整的美文。經筆者的觀察，除了食譜之外，較具文學性的飲食文學創作，作家們既著重客觀寫實與淵源的記述，亦於文中多穿插個人主觀情感的好惡，使得美食一類的作品，既如實地呈現出道地的特色，又能流露出個人對佳餚的喜好與堅持。因此，這類的「飲食文學」作品，筆者以為，又可稱為美食類的「報導文學」。

## 三、考察典故，撰寫小品

這裡以梁實秋《雅舍談吃》中的小品為例，談其寫作的方法。梁氏在〈火腿〉、〈燒鴨〉、〈燒羊肉〉、〈獅子頭〉、〈核桃酪〉、〈酸梅湯與糖葫蘆〉、〈芙蓉雞片〉、〈佛跳牆〉等小品中，多呈現出中國南北方各地菜餚的特色。作品中，他以考察各道菜的學名來源與歷史，最讓人印象深刻。他的許多文章也常引用文人學者的詩文作為美食寫作的參考資料，再加上平日對美食的認識與觀察，道出了各樣菜色的味道、製法與吃法的差異性。各篇文章字數都不多，但卻能將各地佳餚以最為精確的文字，將個人的感受與體驗，透過文字的方式，傳達出屬於那個年代的風味，實可視為二十世紀初期中國市民飲食文化的代表作品。

## 四、關注在地，體驗生活

寫作上，同學可觀察自己所生長的環境，了解當地豐厚的物產與資源，從生活中體驗自己最為熟悉的飲食文化，包含人文歷史、地理環境等相關背景，以豐富個人寫作文章的素材。其次，再討論現今業者的多角化經營，他們為「飲

食」所做的努力，進行更多的討論，由此針砭現況，也提出個人的理想環境，以自許成為在地的餐旅達人。此外，舉凡市面上常見的健康食譜、烹飪教學與電視節目等，在追求多元、精緻美食的同時，一般人也越來越關心飲食對身體健康的重要性。因此，若能結合生物醫學、營養學等「養生」元素的專業背景於寫作之中，將吸引更多重視健康的饕客來閱讀「飲食文學」的創作。

## 五、把握當下，興筆寫來

　　歷來撰寫「餐旅文學」的創作，背景不拘，各行各業都有。凡只要對飲食文化有特殊的情感與喜愛的人，都可提筆寫作，非僅是限於文人而已。這些創作者或寫菜餚的人文歷史，或寫食材來源的地理環境，或寫個人的喜好，或寫道地的風味，或寫故鄉的美食，或寫佳餚的特色，無所不包。也因為作者背景多元，且人人離不開食物，所謂「民以食為天」，因此撰寫出來的「餐旅」創作，讀來視角最是可觀和多變。倘若同學也能深刻感受生活週遭的每一處，試著將生活中觀察到的趣聞，或是值得一談的典故，或是別有一番感受的飲食經驗，當下隨筆記載下來，事後再經考察與整理，

日積月累下來，想必可以累積不少的心得與收穫。


發表於國立高雄餐旅大學「文藝菁英寫作營」活動手冊

（2011.10.29）

# 我對《美國女孩》的
# 教育觀感與靈魂配樂
## My Educational Perceptions And
## Soul Soundtrack To "American Girl".

　　《美國女孩》（英語：American Girl）的劇情闡述了從小生長在美國的阮鳳儀，在步入青春叛逆期時，勉為其難的與家人們從美國回到台灣生活，在沒有任何的心理準備情況下，面臨東西方文化的衝擊中，歷經多重的不適應外，還必須面對母親罹患癌症的殘酷事實。她熱愛騎馬，對自由不羈的生活充滿憧憬；由於環境的轉變，使她難以體諒父母；對學校不滿，引發她衝撞體制及尋求自我認同。

　　劇情中的梁芳儀，飾演阮鳳儀，作為一位「半外來者」（semi-outsider）的處境，想盡辦法融入國內的教育體制中，卻不得要領，總是在過去的美國文化與當代的台灣兩世界中，不斷地拉扯著。看在做母親的眼裡，自己的女兒被家長們排擠，以及女兒因數學不及格而被老師挨打，不僅痛在媽媽的心坎裡，也讓身為觀眾的我，看過節奏緊湊，每一幕都

相當經典的畫面，不禁紅了眼眶，潛意識地反射出那段辛苦求學的經歷。正如同詩人林婉瑜所言：「看《美國女孩》讓我深有同感，做母親難，做女兒也好難。……讓我想起自己跌跌撞撞的成長過程。」金馬評審曾點評：「《美國女孩》是阮鳳儀的初試啼聲之作，她游刃有餘地控制電影節奏，掌握觀眾情緒收放，最後又溫柔化解銀幕裡外的不安與哀愁。」

關於此片的靈魂配樂，源自於布拉姆斯（A.D.1833-1897）【德】的〈嘆息〉曲，一連串向下級進與跳進的動機，由吉他、豎笛與鋼琴三樂器，串連成既簡單樸實又呈現出人物的心境變化來，實在扣人心弦。再者，為了讓配樂能與劇情節奏一致，每個音符都以無固定節拍的「彈性速度」表現，讓人在緊湊的節奏中，尚有稍呼吸喘息的分秒。音色上，選用A調的黑檀木、降B調黃楊木的豎笛演出與木吉他，讓音樂融入整部《美國女孩》的電影世界中。上述的配樂恰推波助瀾地將觀眾的情緒，從片頭至片尾高潮迭起地反應出主角思念美國與怨懟家人，那般百感交集的糾結心緒。遑論《美國女孩》所帶給觀眾的教育啟示以及靈魂配樂，像這樣的題材與內容，實在讓提倡當今雙語教育的國內教育夥伴們，值得深思與探討。

# 2019 《小飛象》電影
## 2019 Dumbo Movie

　　目前上映的《小飛象》（Dumbo）電影是改編自一九四一年的同名動畫電影，適合親子共賞。小飛象一出生，因其獨特的外貌，讓馬戲團團長麥迪奇誤以為買到贗品而鄙棄，但霍特・法瑞爾的女兒米莉・法瑞爾和兒子喬・法瑞爾發現羽毛能引起小飛象的目光，因而將那對大耳朵展開如翅膀般地飛向空中，幫助牠留在麥迪奇兄弟馬戲團內表演。再者，經過麥迪奇團長與夢想國老闆范德維爾數次的斡旋，欲把小飛象推向夢想國馬戲團內與空中飛人特技演員柯蕾一起做合體表演，這樣的交易買賣，最後因麥迪奇兄弟馬戲團的團員被范德維爾解雇，且引起團員們對小飛象的憐憫，故而眾人決定幫助小飛象重回自由，飛向母親的身邊。本片的小飛象形貌即使異於牠的族類，但天生我材必有用，其生存之道卻是靠著那對奇特的大耳朵；其次，小飛象與母親的孺慕之情為眾人所感動，所以決定讓牠們彼此相逢。

# 現代新詩

**Modern Poetry**

# 立夏後的南寮
## Nanliao After The Beginning Of Summer

這一天，陽光普照，

撒在波光瀲灩的海水上，很迷人，讓人很開心。

我們乘著風，和爸爸、媽媽踩著電動四輪車，

看著那遼闊的草坪，多麼讓人心曠神怡、心情舒坦。

我們坐在那迴旋的火車上，

手裡拎著大大的氣球，轉呀—轉，轉呀—轉，

轉得我倆直呼爸爸，還要再來一次。

那涼涼的風，讓妹妹高聲歌唱；

那輕輕的風，讓姊姊大呼過癮。

我們好喜歡這藍藍的天，白白的雲，

還有大大的四輪車，跑著、跑著，

滾動的引擎，發出轟、轟、轟的聲響，

載著我們全家人的夢想，環繞著方塊型的草坪，

走向那康莊的道路，這就是我們一家人的歡笑。

# 清明後的北埔
## Beipu After Qing-ming

北埔四面環山，
西鄰峨嵋、北接寶山、東臨竹東，
南與五指山和五峰毗鄰，
西南相連苗栗南庄。

清明雨後的北埔，
氣候爽朗，客源不絕。
老街裡還有金廣福、姜家天水堂、姜阿新故宅，
以及三級古蹟香火鼎盛的慈天宮。

柿餅、擂茶、發糕、麻糬，
菜包、醬菜、柚子茶、蘿蔔糕……應有盡有。
還有許許多多的童玩，生存在歷時久遠的雜貨店。
巷弄裡的客家庄，還保存著早期的磚頭屋，
新舊建築就在當今的商業活動中，參差林立，
那正是早期客家先民的遺跡。

# 去體育館玩耍
## Go To The Gym

夕陽斜照下，
影子好長好長——
踩著影子的我們，
朝著體育館走去，
沿路我們說說、跳跳，
盼望著有趣的事發生。
常常問著爸爸、媽媽，
那是什麼？這是什麼？

草坪上長滿了蒲公英，
我們彎著腰蹲著觀察它的模樣……
誰知道，風一吹就慢慢地飄走了。
好似飄泊的遊子，尋找著安定的家，
跟著媽媽的步伐，走向大操場跑步，
哇！好大、好遠，好像要跑好久、好久啊！
我們不畏艱難，走完了二圈，

回到原點，找尋著解渴的方法。

咕嚕咕嚕地喝下肚，

再一杯多多，

哇！真是舒爽極了。

下次，我還想去體育館玩耍。

# 飛鳳山俯瞰
## Overlooking FeiFeng Mountain

飛鳳形狀伸頸、收翼下降

站在涼亭遠眺台地

前有低矮的房子

後有代勸堂座落

地勢不高、俯瞰前景

那就是芎林鄉

回頭仰望


那就是新竹縣的小百岳

# 遊新竹公園
## A Tour in Hsinchu Park

樹蔭下，徐徐的風吹來，
我們走向公園的溜滑梯，
一次、一次的滑呀！滑呀！滑⋯⋯
滑得我們好興奮，覺得好溫暖啊！

陽光下，暖暖的日照，
搖搖馬前前後後的彈跳著，
彷彿坐著高大的馬車，
一步、一步的往前邁進。
坐得我們很愉快，覺得好有趣啊！

高高的太陽，普照大地，
盪著鞦韆，爸爸、媽媽推呀！推⋯⋯
上下、上下的盪呀！盪呀！盪⋯⋯

像在空中畫上圓滑線一般，

盪得我們好開心，覺得好舒爽啊！


鞦韆就是我們的最愛。

# 狂想Feeling 18°C
## Rhapsody Feeling 18°C

炎炎夏日，好想吃一口冰，降降暑氣。

巧虎的彩色冰淇淋店，

有葡萄、有橘子、有草莓、有巧克力和奇異果口味。

埔里的Feeling 18°C，

有著更多的冰淇淋，等待著我們去發掘。

巧克力工房，有薄片、有藏心、有松露、有酒心等，

各個香甜、有滋味，媽媽告訴我們，不可以吃太多哦！

涼涼的冰淇淋，一口接一口，讓人涼快舒爽。

狂想冰淇淋，狂想我們的家鄉。

# 兒童節在旗津
## Children's Day In Cijin

旗津的電動三輪車，
乘載著我們一家人，
迎向和煦的陽光，
在冷氣團來襲前，
奔馳在狹長的街道上，
那涼爽的風迎面襲來，
多麼美好的春日啊！


濱海的自行車車道，
與台灣海峽相鄰，
看著海灣的夕陽落日，
讓人想起余光中的西灣落日圓。


海上的大艦艇，
不偏不倚直挺挺地

停泊在近海的不遠處。

許多遊客和我們一樣，

記錄著一幅幅美好的回憶。

踩踏著自在而愉悅的步伐，

享受著南台灣沙洲上的每一寸土地。

# 歡喜過新年
## Rejoice In The New Year

回娘家短暫的兩天，
全家走訪了一趟寺裡，
祭拜孩子們的外婆，
想望著從前的種種。

爾後，家族的成員們一起用餐，
看著其他的孩子們也長大了，
長輩們身體健康，含飴弄孫，很是開心。

中午後，雨過天青，
揮別清晨的連綿細雨，
走在旗津的大街上，
難得的祖孫三人行，
街頭藝人的歌聲，

小孩們的童言童語，

一路上的歡笑聲接連不斷。


記於2020.01.27

備註：〈母親母親〉：「自己當了母親之後，才得知二十年
　　　前，那心中的別離與牽掛，是多麼地沉重與不捨。現
　　　在的我，常常看了一些觸動心靈的文章，不自覺地
　　　流了眼淚，那是一種壓抑在內心，緊繃與感慨的紓
　　　解。」

# 2019清明節前的雨季
## 2019 Rainy Season Before The Ching- Ming Festival

國曆三月二十三日，清明前，
家族掃墓，天氣雨。
全家走在些微泥濘的墓地裡，
小兔左腳拐了一下，跌倒在地，
把輕薄的春裝給弄髒了。


難得一年一度的族人們清明聚會，
連曾曾孫輩的孩子們也拿起了清香。
寶塔內的祖父母，
以及我與孩子們未曾謀面的祖先們，
這代代相傳的香火，
幾年來，不曾間斷。

看著長輩們，談論著家族事，

讓人想起我的母親和我，

這幾年來常在夢裡相見。

她對我的期待，

在我自己當了母親，

望女成鳳的背後，

也希望她們能平安快樂的長大。


即將邁入不惑之年的我，

告訴女兒們知足、常樂、積極、進取才是福。

# 節令節慶傳説組曲
## Festive Festival Legends Suite

### 仲夏Mid-Summer

大樹下，池塘邊，蟬噪響沖天。
南風吹草琴聲來，雲朵慢慢飄。
蛙之鳴，蟲之聲，此起又彼落。
夏日冷飲一杯喝，暑氣全都消。


### 端午Dragon Boat Festival

划龍舟，吃粽子，重五詩人節。
家家戶戶懸艾草，避邪又驅毒。
佩香包，雄黃酒，防疫保康健。
糯米紫米少量吃，美味無負擔。

## 中秋Mid-Autumn Festival

月光下，湖岸邊，燈火倚街邊。
青山綠水晚霞照，夜幕低又垂。
月見草，夜來香，曇花再一現。
飄香四溢人陶醉，景致真是美。

## 七夕Tanabata

牛郎星，織女星，天上會鵲橋。
家家乞巧望秋月，中國情人節。
玫瑰花，巧克力，嚐得好開心。
人人慶祝過節日，歡喜樂相逢。

## 射日Shoot the Sun

烈陽下，草木枯，十烏高掛天。
后羿射日除百害，武功蓋世高。
天之大，地之寬，人們慶重生。
旭日東升又西落，安居和樂業。

# 迎向幸福的每一天
## Welcome To Happy Every Day

南臨頭前溪畔，北面張家汾陽；
東近鹿場鄉里，西濱中山一高。
季春桐花盛開，盛夏蝶舞蟬鳴；
小樹掩蔭文興，綠水潺潺細流。

課程多元展能，童年智慧成長；
師生活力有勁，同儕合作分享。
興隆興隆！給我勇氣築夢！
興隆興隆！給我夢想翱翔！

客家圓樓座落，紅白磚瓦砌牆；
陽光灑落校園，日日氣質優雅。
金風落葉簌簌，臘月冷風驟雨；
書聲樂聲充滿，科學運動強棒。

用心彩繪生命，品格教育高尚；
開創國際視野，迎向幸福晨光。
興隆興隆！給我快樂成長！
興隆興隆！給我擁抱希望！

記於2022.03.12

# 荷蘭花藝
## Dutch Floral Art

# 荷蘭花藝連章詩
## Dutch Floral Poems

1. 黛安粉瑰繁花開，萬年紅花連次遞。麒麟草綠掩映插，滿
   天星辰環形綻。

2. 向日葵花兩相望，兵乓菊黃襯葉粽。腎藥蘭飛遍地紅，狗尾草綠相映插。

3. 天棠鳥枝似龍舟，蓮蓬斗枝直排站。繡線菊花如划槳，玫瑰壽松參差插。

4. 白子蓮花直立綻，富貴菊花底部插。伯利恆星婷玉立，山
   蘇蜷捲參差圍。

5. 紫色桔梗襯康馨，二面白菊直矗立。粉色康馨含苞放，多
   面環繞綻花開。

6. 壽松環繞參差插，紫色康馨最亮麗。紅色雙雙亭亭站，白
   孔雀菊隱隱開。

7. 香樹蘭束環形繞，天堂鳥枝三角立。柏利恆花連續開，壽
   松叢林參差插。

8. 紫色繡線綻放開，孔雀菊花如繁星。天棠鳥枝似開屏，薰
   黃玫瑰扇形站。

9. 火鶴粉馨綻花開，海芋雞冠三立站。

杜甫（712-770）〈南鄰〉：「錦裡先生烏角巾，園收芋粟不全貧。慣看賓客兒童喜，得食階除鳥雀馴。秋水纔深四五尺，野航恰受兩三人。白沙翠竹江村暮，相對柴門月色新。」前述描寫杜甫成都草堂南面的鄰居，就是詩歌中的錦裡先生，這位隱士頭戴著折疊的方角黑頭巾，園子裡種植芋頭和小米，看著賓客和兒童甚是歡喜。所謂「芋」是天南星科，多年生草木，塊莖常呈卵形。葉盾狀著生，卵形，長約二十至六十釐米，基部二裂片合生，葉柄呈綠色或淡紫色，長二十至九十釐米，極少開花，花序之佛焰苞長約二十釐米，下部成筒狀綠色，上部披針形，黃色；花序的下方為雌花，上方為雄花。原產於亞洲南部，目前廣泛在栽種於熱帶地區。元季川（生逐年不詳）〈泉上雨後作〉：「風雨蕩繁暑，雷息佳霽初。眾峰帶雲雨，清氣入我廬。颯颯涼飆來，臨窺愜所圖。綠蘿長新蔓，裊裊垂坐隅。流水復簷下，丹砂發清渠。養葛為我衣，種芋為我蔬。誰是畹與畦，瀰漫連野蕪。」其中的「養葛為我衣，種芋為我蔬。」亦是以「芋」作題材，說明農耕氣候與環境閒悠的詩作。再者，錢珝（生卒年不詳）〈江行無題一百首〉：「漸安無曠土，江芋當農收。」高適（？-765）〈漣上題樊氏水亭〉：「菱芋藩籬下，漁樵耳目前。」二首詩歌也提及「芋」為農收花卉之一。

荷蘭花藝 Dutch Floral Art

10.紫星亞蘭朵朵開，扁柏百合喜洋洋。

11.星辰點點高掛天，富貴粉瑰朵朵開。

12. 針墊二朵花綻放，乒乓黃菊上下立。新西蘭葉成幾何，紫色星辰點點開。

13. 百合中間主花開，三蘇垂放似流水。雞冠花各斜挺立，深山櫻與雞冠映。春蘭葉散參差插，新文竹如瀑布瀉。

# 新古典玫瑰札記
## Notes on Neoclassical Roses

　　唐代杜秋〈金縷衣〉：「花開堪折直須折，莫待無花空折枝。」意謂舊時以為，盛開的鮮花，應及時採摘；假若不採，等到花謝時，僅能折花枝。

　　而今，吾人所見的玫瑰，她之所以美好，在於她的美麗，但短暫的花期，實在不如大小菊花的持久，花瓣既不能蘸水，花莖也不能泡太多的水，否則必然攔腰折斷。每當外層的花萼，剝落第一片花瓣後，漸遞環狀包圍的花瓣，也隨之片片逐一謝落……整朵綻放的花，灑落一地，讓人不勝慨嘆。只好，在最後的花期，以倒掛的姿態乾燥，想望她最為新鮮美麗的模樣。

註：〈新古典玫瑰札記〉
　　的命名，源自於台中
　　英式下午茶「古典玫
　　瑰園」。

# 荷蘭花藝中級手綁花紀實
## Dutch Floral Art Intermediate Hand-Tied Flower Documentary.

　　「玫瑰」是美麗的花朵，有紅、黃、白、紫、橙、桃紅與雙拼……，它伸展的枝條有銳利的刺，莖的表皮也帶刺，那銳鋸齒緣的細葉也呈多刺。炎熱的夏季，常溫下花期不長，僅能維持三天之久，卻一年四季能開出鮮美的花。凡初見它的人們，無不想摘採與賞玩，但它美麗帶刺的特質，讓人想親近卻容易受傷。

　　荷蘭花藝的手綁花，包括圓形、平行、線條、瀑布、架構與自由創作。中級手綁花，先將七朵玫瑰花至花莖間，預留1cm（約一個大拇指）的距離，再將花莖以珠針或18號鐵絲穿洞，22號鐵絲在花莖上圍繞兩圈後，另備綠色膠帶纏繞，鐵絲保留約兩個拳頭的距離。其次，再準備壽松、滿天星各十支，以24號或26號鐵絲在壽松或滿天星與葉莖上的1cm間，圍繞鐵絲兩圈後，相同以綠色膠帶纏繞，鐵絲亦保留約兩個拳頭的距離。其三，銀河葉三片置於玫瑰旁，葉緣

僅需高出玫瑰1cm，葉子距葉莖間預留1cm距離，鐵絲呈U型從葉片背後穿刺葉片後，在葉莖上繞兩圈，亦以綠色膠帶纏繞，鐵絲保留約兩個拳頭的長度。

取最大朵的玫瑰做為中心，周邊依序加上壽松與滿天星，圍繞一圈後，再添一朵玫瑰，玫瑰周邊再依序加上壽松與滿天星……每加一物，下方的鐵絲皆須以螺旋狀纏繞，直到所有的花材都上完為止。

七朵「玫瑰」的花語是「無盡的祝福、勿忘我」；十支「滿天星」的花語是「喜悅」；三片「銀河葉」的花語則是「執著、忠誠、圓滿」，以上再加上十支「壽松」的綠意點綴後，即成為「我將七朵無盡祝福的玫瑰，送給我所愛的人，希望他（她）隨時能充滿喜悅，執著、忠誠而圓滿地完成自己的心願」。

以上即為中級圓形、密集、古典型之手綁花紀實。

# 國小低年級童詩

## Children's Poems

# 圓的聯想／荷蘭兔
## Circle of Associations

火紅的大太陽，
伴我下課回家；
暈黃的大月亮，
伴我進入夢鄉。
與我共遊美景；
QQ 的軟糖，
與我共賞影片。
兩輪的滑板車，
載我遊覽街道；
四輪的腳踏車，
讓我一圓美好的時光。

刊載〈圓的聯想〉新詩，《興隆欣聞》第64期第3版，
2021年1月20日

# 梅雨季來了／荷蘭兔
## The Rainy Season is coming.

下雨是雲朵在哭泣

雷聲是雷公在怒吼

閃電是電的刀光劍影

陣風是風婆婆在揮揮裙襬

冷熱交鋒的鋒面雨

正是梅雨季報到了

# 我愛媽媽／荷蘭兔
## I Love Mother.

我是媽媽的寶貝

她有著大大的愛心

照顧著我和我的妹妹

七歲的母親節

我想送個草莓蛋糕

給爸爸、媽媽、妹妹和自己

因為我愛我的媽媽

更愛這個溫暖的家

# 摩天輪／荷蘭兔、雞蛋花
## Ferris Wheel

大大的圓，慢慢的轉呀轉！
全家坐在吊掛的箱子裡，
遠望摩天輪四周的風景，
有河流匯集、群山環繞，
還有高低遠近的大小房子。
我和妹妹坐在大大的圓裡，
對著爸爸媽媽說我們不怕！
安靜的欣賞著
這美麗的兒童新樂園。

# 點燈儀典／雞蛋花
## Lighting Ceremony

點燈的我，

高舉明亮燈；

讚頌地球，

愛護家園；

歌唱海洋，

珍惜資源。

點燈的我，

照亮陰暗處；

歌頌自然，

守護大地；

尊重生命，

人人有責。

# 我的好朋友們／雞蛋花
## My Good Friends

學校裡，我有許多的好朋友們，
有的熱心助人，有的善良可愛。
有人擅長運動，有人喜歡藝文，
更有人會讀書考試和說話寫字。


我們每天一同學習，一同玩耍，
除了教室，操場是我們的地盤，
下課時，玩躲貓貓以及木頭人，
既開心又驚險，既有趣又熱鬧。


我的好朋友們，分布各個班級，
大家聚在一起，無不嬉笑歡樂，
大家玩在一起，共度美好時光。

# 國小低年級散文

Children's Prose

# 一歲前的我／荷蘭兔
## When I was before One Year Old.

　　出生滿月的我，理髮師為我理胎髮，讓我抱蔥，祝福我
健康長大。這時的媽媽，到處為我和妹妹準備好聽的小寶寶
音樂，爺爺陪我玩，奶奶抱著我睡覺，姨婆和外曾祖母送我
鈴鐺和滿月禮，外公也北上祝福和探望活潑可愛的我。

　　四個月的我，家人為我和妹妹收涎，替我們取英文名，
我最喜歡玩小玩具，有時候也會生氣的大哭；七個月的我，
坐在遊戲墊玩鈴鐺；八個月的我，和妹妹一起在家爬行；抓
周時的我，拿了蔥、大蒜、直笛和手機。

　　現在的我，最喜歡雪寶，抱著它能使我安靜入睡，因為
它是我最可愛的寶貝。希望未來的我，可以變得越來越棒。

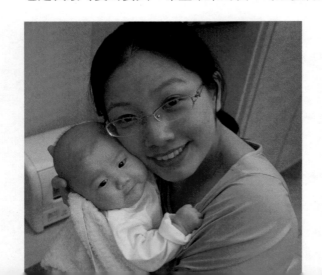

# 太空幻想／荷蘭兔
## Space Fantasy

　　在遙遠的未來，我要搭乘火箭去太空探險，巡迴太陽系。

　　在太空中，我會看見藍色的美麗地球，有高山、平原和一望無際的海洋。

11. 莊紋嘉

　　接著我要搭飛行船到海王星和天王星探險，這兩顆星球被冰凍著，有神祕的藍綠色表面。再來，我穿過土星的光

環，飛往木星，由於木星的大氣層很厚，導致我沒辦法降落，只好繼續前進。

後來我路過充滿沙丘和石頭的火星，經過亮晶晶的金星和熱氣逼人的水星，被太陽的光和熱照耀得睜不開眼。

這趟太陽系之旅將讓我認識許多太空人，我會和他們一同返回地球，當永遠的好朋友。

刊載《國語日報週刊》14版，1339期，2020年12月28日

# 書房小天地／荷蘭兔
## Study Room

　　我擁有自己的書房和臥房。書房是我寫作業、讀報、看書和畫圖的地方，美好的環境讓我做事井井有條。

　　書房的牆上掛有書法名家的字畫，上頭寫著「無事小神仙」，這件作品不僅是好看的擺設，更是對我的祝福。

　　書房裡有我的課本、《國語日報週刊》、許多的繪本，還有爸爸媽媽的專業書籍，讓我有「坐擁書城」的感覺。我要繼續好好讀書，做個健康、快樂且自律的小學生。

刊載《國語日報週刊》14、15版，1352期，2021年4月12日

# 我最愛《三隻小豬》的聰明智慧與應變能力／荷蘭兔

## I Love The Intelligence And Resilience Of "Three Little Pigs".

目前，我喜歡小豬類的書，因為圖畫和文字都很好看，尤其《三隻小豬》最可愛。三隻小豬蓋了三棟房子，老大蓋茅草屋，老二蓋木頭屋，老三蓋磚頭屋。

有一天，大野狼來到三隻小豬的家，老大在茅草屋裡，大野狼吹倒了它；老大趕快躲到老二的家，大野狼又吹了一口氣，把木頭屋吹倒；哥倆們趕緊躲到老三的家，大野狼再吹口氣，但磚塊屋沒有倒，飢餓的大野狼想了一個辦法，牠拿起梯子爬上煙囪，三隻小豬聽到後，於是，老三把柴火放到煙囪底下，大野狼因此燙到自己的尾巴，從此不敢再來了。

我喜歡老三的聰明智慧，當牠決定要在充滿陽光的地方，蓋一棟堅固漂亮的房子，每天還不停地努力工作，忙著

打掃和布置，我就覺得牠是個勤奮、有決心的小豬；牠的應變能力也很好，當遇到大野狼襲擊時，依然能處變不驚的把柴火放在煙囪底下，保護三兄弟，真是很棒的決定。

# 我愛的鮭魚炒飯／荷蘭兔
## I Love Salmon Fried Rice.

　　「鮭魚炒飯」是我的最愛，因為豐富的 Omega-3 脂肪酸與蛋白質，既營養又美味。

　　媽媽教我的這道炒飯，首先，必須把紅蘿蔔切成丁狀後水煮，再把大片的鮭魚切碎，另加上黃澄澄的玉米粒，讓人容易流淚的洋蔥末，一起拌炒熟透後，才與煮熟的白飯炒成「鮭魚炒飯」。

　　除了食材上，本身的營養價值和香氣，我還喜歡加上干貝口味的調味料，味道吃起來恰到好處，讓人垂涎三尺。

刊載《興隆欣聞》第71期第4版，2022年1月20日

# 酸辣湯／荷蘭兔
## Spicy And Sour Soup

　　我喜歡喝酸辣湯，酸辣湯濃稠卻不黏膩，熱呼呼、香噴噴的時候最好喝了。

　　酸辣湯裡還有很多我愛吃的食物，包括：白色的豆皮、暗紅色的豬血絲、黑色的木耳、橘色的紅蘿蔔和綠色的酸菜等，各種配料五彩繽紛，非常豐富。酸中帶一點辣的湯，喝起來真美味。

　　喝完酸辣湯，我總是想要立刻再來一碗。喝酸辣湯讓我回味無窮。

　　刊載《國語日報週刊》14、15版，1376期，2021年9月27日

# 一輩子的好朋友／荷蘭兔
## A Lifelong Good Friend.

　　我有一個雙胞胎妹妹，她是我的好夥伴，我們常常一起玩耍、唱歌和彈琴。

　　小時候，我倆常在家裡玩躲貓貓，餐桌下、書桌旁、窗簾裡、衣櫃中、被窩內和鋼琴布裡，都是我們躲藏的地方；在公園裡，我們盡情的奔跑和玩沙，仍不減興致，也養成我跑步健身的好習慣。

　　現在的我，最喜歡騎腳踏車，載著妹妹，乘著風，看著夕陽，享受涼爽的午後時光。妹妹也是我「四手聯彈」的最佳夥伴，從學習彈奏「康康舞」開始，我們日日精進琴藝，培

養絕佳的默契，期待有朝一日能一同登台表演。

　　妹妹不只是我親愛的家人，還是我一輩子的好朋友。我倆相知相惜的情誼，希望能持續到永遠，一起平安健康、快快樂樂的長大。

刊載〈一輩子的好朋友〉散文，《人間福報》13版，

2022年1月12日

# 和媽媽回娘家／荷蘭兔
# Go back To Mother's house with my Mother

今年大年初一，我們全家提前回南部，高雄的外公、姨婆和外曾祖母等長輩，都很歡迎我們的到來。

媽媽回娘家，遇到很多親戚好友，大家互道新年快樂，恭賀新禧。外公每年都會帶我和媽媽去旗津享用美食，再到旗津海岸公園玩耍、放風箏。我喜歡和外公牽著手，在旗津的海邊漫步，和煦的太陽映照在沙洲上，我們吹著溫暖的風，感覺非常舒暢。因此，我很喜歡南台灣的沙洲──旗津。

隔天，我們全家回到林園老家祭祖，和姑婆、姑丈、阿姨與舅舅們，共享「張家花卉與農場」的豐收物產。經過外公的精心料理後，新鮮的食材化身一道道美味佳餚，無不讓人垂涎三尺。

每年春節，回到南部過年，讓我擁有新奇又美好的回憶，實在令我難忘。

刊載〈和媽媽回娘家〉散文，

《人間福報》13版，2022年2月18日

# 清涼可口的可樂／荷蘭兔
## Cool and delicious Coke

　　我喜歡喝可樂，因為可樂是汽水的一種飲料，含有化學物質，喝起來刺刺的、甜甜的，與開水、果汁、優酪乳和鮮奶很不相同。可樂再加些冰塊後，更是清涼有勁，不禁讓人一口接著一口，有如冰淇淋和冰棒一般消暑。只可惜，喝多了對身體很不健康，不能每天喝，應該適可而止。

　　我喜歡吃速食店的套餐，每次點餐都會來一杯爽口的可樂，媽媽常希望我不要喝太甜的飲料，因為，真的擔心可樂會影響我的生理發展。所以，我總是只喝一點點，解解渴，讓自己開心罷了！

　　像這樣人工化學而非天然的可樂，應當規範一下，年紀太小的小孩們不應接觸，只有像我這樣懂得節制又能自律的人，才能享用可樂的美好滋味。

# 我是獨特的／雞蛋花
## I Am Unique.

　　我是雙胞胎妹妹，打從在媽媽的肚子裡，胎動不很明顯，但我還是平安健康地長大。出生後的我，走路慢慢的，做事也慢慢的，但很早就學會說話。平日的我，善解人意，常常和大人談天說笑。

　　我喜歡學跳舞，因為那優美的旋律，動人的舞姿，漂亮的舞衣，能使我變得既美麗又有自信。愛莎是我最喜歡的動畫人物，她的裝扮、頭髮和修長的身形，和我一樣。我學過游泳，躺在游泳池裡划著仰式，感覺非常舒服，喜歡和姊姊一起戲水，也希望我能快快長高。

　　我愛我的家，媽媽會教我彈琴和讀書，爸爸會陪我游泳和玩耍，爺爺、奶奶和曾祖母也期待我，日日福慧增長。

# 我愛跳舞／雞蛋花
## I Love Dancing.

　　愛跳舞的我，喜歡每週二次的芭蕾和民族舞，老師教我專業的舞蹈動作，優雅的姿態，身形輕巧靈活。平常在家我會練習拉筋，保持身體的柔軟度。

　　愛跳舞的我，很羨慕影片中的舞者，翩翩起舞的模樣，讓我好羨慕。記得，小時候我常和姊姊在爸爸的車上聽音樂，我的一雙小腳就不自覺地打起拍子來了。幼兒園大班，媽媽讓我上舞蹈課，開啟了我對舞蹈的興趣。最近，我有機

會在音樂會邊唱歌邊律動，好期待我能順利演出。

　　愛跳舞的我，希望未來還能學會現代舞和即興創作舞，
成為一位美麗的舞蹈家。


刊載〈我愛跳舞〉散文，《國語日報週刊》15版，1337期，
2020年12月14日

# 黑蒜雞的健康秘訣／雞蛋花
# The Health Secret Of Black Garlic Chicken.

　　傳承自祖母的「黑蒜雞」，是一道能提昇人體免疫力的拿手好菜，既能增強人體免疫力、抵抗肺炎，還能補充足夠的蛋白質，真是一舉兩得。

　　每週二，媽媽固定煮一鍋「黑蒜雞」給我吃，我很喜歡吃雞腿肉，因為肉質 Q 彈；雞湯吃起來也甘甜又美味。食材包括水、發酵過的黑蒜、雞腿肉與白蘿蔔。最後，再加點鹽巴後，就完成一道香噴噴的「黑蒜雞」了。

　　媽媽告訴我，煮雞湯時，必須使用小火燉煮，雞肉才會漸漸變得軟嫩，蘿蔔的甜味才會混合進湯頭裡。料理時，假若沒加白蘿蔔或鹽巴，似乎就少了些許的甜味與鹹味了。

　　這道「黑蒜雞」，讓我度過北台灣的秋冬，補足我的營養和抵抗力，迎向新年的來到。

# 《巴布與魚》的和平相處與尊重生命／雞蛋花
# The Peace And Respect For Life In "The Bab And The Fish"

　　我喜歡閱讀，最喜歡有愛心的動物書，因為裡面的主角圖畫很可愛。《巴布與魚》是我最喜歡的一本書。

　　有一天，巴布釣到一隻大魚，牠心想，今天有大魚可吃，但大魚說別吃我。巴布發揮愛心，看牠受傷了，趕緊帶牠去看醫生。醫生說要好好休息，巴布再把牠載回家，放到小魚缸裡。大魚生產出小魚後，巴布心想，大魚和小魚都是我的好朋友，實在不應該吃牠們才對！

　　巴布是隻有愛心的白熊，不自私、不貪吃，既帶大魚看醫生，還陪伴大魚生產小魚，那樣「和平相處」與「尊重生命」的堅持，實在讓我很感動。我也要學習巴布有愛心的精神。

刊載〈《巴布與魚》的和平相處與尊重生命〉散文，
《興隆欣聞》4版第70期，2021年12月30日

# 我的夢幻書房／雞蛋花
## My Dreaming Study Room

　　我希望有個自己專屬的書房，不需與其他家人共用。在書房裡，我能盡情地閱讀音樂、舞蹈繪本，張貼景仰的舞蹈家海報，聆聽古典和現代芭蕾舞曲。讓每天寫功課、讀報和準備考試的書房，不再陰暗和無聊，而是有趣好玩、溫暖舒服且充滿能量！

　　在我寫完功課的休息時間，希望我的娃娃們能陪我玩耍、跳舞和運動。當我和娃娃一起嬉鬧時，我會覺得很開心，讓原本只有讀書聲的書房，頓時熱鬧了起來。

　　我愛我的夢幻書房，因為這裡有我的夢想，期待未來能有一間這樣的書房，陪伴我追尋夢想。

刊載〈我的夢幻書房〉散文，《人間福報》13版，
2022年1月25日

# 拉麵的滋味／雞蛋花
## The Taste Of Ramen

　　假日的中午，媽媽點了外送餐點。打開一看，原來是我最喜歡的日式拉麵！

　　拉麵的湯頭是淺咖啡色，看起來像珍珠奶茶，喝起來有點鹹，但是不油膩。湯裡的麵條軟軟的，豬肉片薄薄的，海帶芽吃起來有點像菠菜。媽媽還點了一份玉米筍，我們蘸著胡麻醬吃，味道十分特殊。

　　希望下次我還有機會品嘗日式拉麵，享受美味的湯頭和麵條。

刊載〈拉麵的滋味〉散文，《國語日報週刊》15版，
1379期，2021年10月18日

# 除夕的八歲生日／雞蛋花
## Eighth Birthday On Chinese New Year's Eve.

　　每年除夕時，媽媽會先預訂好生日蛋糕，全家為我和雙胞胎姊姊提前慶生，我們倆收到大家的祝福後，總是覺得很開心，也感到很幸福。因此，我們非常珍惜眼前美好的時光，把握當下。

蛋糕裡，有著濃濃的鮮乳奶油，巧克力的布丁內餡，吃起來毫不黏膩，且非常爽口。

　　過年時，阿公還帶我們姊妹倆在家玩五子棋和桌遊，讓我十分開心。

　　這是一年一次全家族難得的聚會，實在難以忘懷。

# 揚名國際的台灣珍珠鮮奶茶 ／雞蛋花
## Internationally Renowned Taiwanese Pearl Milk Tea

我喜歡喝台灣人自創的珍珠鮮奶茶，珍珠鮮奶茶之所以好喝，是因為珍珠軟軟 QQ 的，有彈性、嫩嫩的，聞起來甜甜的、香香的；鮮奶茶是由新鮮的牛奶和調製過的奶茶組合而成。我不喜歡加奶精，因為奶精是化學合成的食物，鮮奶比奶精健康，喝了健康比較沒有負擔。

炎熱的夏天，我喜歡來杯珍珠鮮奶茶，再加些冰塊後，喝起來暢快淋漓；飲料色澤呈咖啡色，黑色的大珍珠沉澱在最底下。像這樣的飲料，早已揚名國際、中外人士眾所皆知，媽媽說，這是三十多年前台灣人自創的新智慧。

假日，偶邇來一杯珍珠鮮奶茶，讓我感受到，台灣人獨創的結晶，體驗了海內外人手一杯珍珠鮮奶茶的美好。

國家圖書館出版品預行編目

嘉竹器宇：走在斐然成Chang的道路上 / 張窈慈,
荷蘭兔, 雞蛋花著. -- 新竹縣竹北市：張窈慈
出版：秀威資訊科技股份有限公司製作銷售,
2022.06
　　面；　公分
　　ISBN 978-626-01-0147-3(平裝)

863.3　　　　　　　　　　　　111007913

# 嘉竹器宇
## ──走在斐然成Chang的道路上

作　　　者／張窈慈、荷蘭兔、雞蛋花
出版策劃／張窈慈
製作銷售／秀威資訊科技股份有限公司
　　　　　114 台北市內湖區瑞光路76巷69號2樓
　　　　　電話：+886-2-2796-3638
　　　　　傳真：+886-2-2796-1377
網路訂購／秀威書店：https://store.showwe.tw
　　　　　博客來網路書店：https://www.books.com.tw
　　　　　三民網路書店：https://www.m.sanmin.com.tw
　　　　　讀冊生活：https://www.taaze.tw

出版日期／2022年6月
定　　　價／580元